Le Miracle de saint Jubanus

Les sept nouvelles sont tirées du recueil
Limits and Renewals

Couverture : Morrice, *Venitian Girl*, 1900 (détail)

106, boulevard Saint-Germain - 75006 Paris

ISBN : 2-86930-627-X
ISSN : 1160 - 0977

Rudyard Kipling

Le Miracle de saint Jubanus

Nouvelles

Traduit de l'anglais (Grande-Bretagne)
par Jean-Pierre Richard

Rivages

Rudyard Kipling est né en 1865 à Bombay ; il passe sa prime enfance en Inde avant d'être envoyé en Angleterre poursuivre ses études. Il retourne aux Indes en 1882 et publie son premier recueil de récits en 1887.

Après son mariage avec l'Américaine Caroline Starr Balestier, il part vivre dans le Vermont où il écrira Le Livre de la jungle *(1894) et le* Second Livre de la jungle *(1896). Cette année-là, il rentre définitivement en Angleterre.*

En 1907, il remporte le prix Nobel de littérature, puis, en 1926, la Royal Society of Literature lui décerne la médaille d'or. Il s'éteint à Londres en 1936.

Le traducteur dédie le présent travail à la mémoire de Gilles Barbedette, qui avait lui-même choisi ces sept nouvelles.

Il remercie la Bibliothèque du Musée de la Marine à Paris, où il a trouvé un accueil chaleureux et une aide efficace.

Et il exprime toute sa gratitude envers Florence Herbulot, pour sa collaboration aussi précieuse que généreuse ; les deux nouvelles « Mutinerie à bord » et « Vues humaines » lui doivent ce qu'elles peuvent avoir ici d'authentiquement nautique.

Aurore manquée

*C'est moi, c'est moi, c'est moi ! Je suis la Mandragore ! La fille des beaux jours qui s'éveille à l'aurore — Et qui chante pour toi !**

C. Nodier

Aux temps incomparables qui précédèrent les Jugements derniers, un génie nommé Graydon prédit que les progrès de l'instruction et du niveau de vie submergeraient toute cote intellectuelle sous un torrent de boue de prose standardisée et, en conséquence, il fonda le Cartel des bailleurs d'histoires, afin de répondre à la demande.

Il attira à son service quantité de jeunes gens (dont certains sont aujourd'hui célèbres), car deux ou trois jours de travail pour Graydon leur rapportaient plus qu'une semaine ailleurs. Il les pria de compulser régulièrement l'Almanach rose, le

* Tous les mots et expressions en italique suivis d'un astérisque sont en français dans le texte (N.d.T.).

Catalogue des grands magasins Army & Navy (pour le décor et le mobilier, suivant leur évolution) et *L'Ami du foyer*, le numéro un des hebdomadaires spécialisés dans la vie domestique. Il fallait malgré tout que jeunesse s'exprimât, et certains spécimens des dialogues amoureux du Cartel, dans « Pas de passion sans péril » et dans « Les Amants perdus d'Ena », ou le récit de l'assassinat du comte dans « Les Tragédies de la mèche » (pour ne citer que quelques chefs-d'œuvre, dont il n'est plus jamais fait mention par peur du chantage) valaient n'importe lequel des textes signés de leur vrai nom par leurs auteurs à une période plus distinguée de leur carrière.

Parmi les jeunes corbeaux venus se jucher pendant un certain temps sur l'arche de Graydon, il y eut James Andrew Manallace, un Anglais du Nord, noiraud et lent, le genre d'hommes qui, incapables de prendre feu, requièrent une détonation. Quand on lui donnait par écrit ou oralement un canevas pour l'intrigue, on n'obtenait rien de lui ; mais, avec une demi-douzaine d'images autour desquelles broder, il pouvait étonner.

Il adorait celle qui devint par la suite la mère de Vidal Benzaquen* et qui souffrit et mourut pour avoir aimé un ingrat. Il y avait également au sein de la compagnie une personne affectée et ventripotente appelée Alured Castorley, qui parlait de « la vie de bohème » et écrivait sur le sujet, mais qui avait toujours peur d'être « compromise » par les dîners hebdomadaires au Neminaka, le café-restaurant de la place Hestern, où se distribuait le

---

* « Le village qui vota que la terre était plate », dans *A Diversity of Creatures*[1] (N.d.A.).

travail du Cartel et où chacun défendait son bout de gras. Lui aussi, pendant un certain temps, il avait aimé la mère de Vidal, à sa façon.

Un samedi au Neminaka, Graydon, qui avait donné à Manallace un paquet de gravures (arrachées à un vieux livre pour enfants intitulé *La Reine de Philippa*) sur lesquelles improviser, demanda à voir le résultat. Manallace plongea la main dans la poche de son ulster*, hésita une seconde et dit que la matière s'était changée en poésie entre ses mains.

« Des âneries !

— Justement pas ! risposta le jeune homme. C'est plutôt bon.

— Auquel cas cela ne nous est d'aucune utilité, rit Graydon. As-tu rapporté les illustrations ? »

Manallace les lui remit. Dans le lot, il y avait un château, un ou deux chevaliers en armure ; une vieille dame en coiffe cornue ; une jeune, dans la même tenue ; un homme ayant tout d'un Hébreu ; un commis, avec plume et encrier de corne, qui vérifiait des barriques à vin sur un quai ; et un croisé. Au dos de l'une des gravures, un petit mot disait : « S'il ne veut pas partir, pourquoi ne pas en faire un prisonnier, libérable moyennant rançon ? »

Graydon demanda ce que tout cela signifiait.

« Je ne sais pas encore. Un opéra-comique, peut-être », dit Manallace.

Graydon, qui perdait rarement son temps, transféra les illustrations à quelqu'un d'autre et avança deux souverains à Manallace à titre d'acompte, comme d'habitude. Ce qui mit Castorley en colère :

---

* Long pardessus d'hiver en forme de robe de chambre (N.d.T.).

il aurait dit quelque chose de désagréable mais on l'arrêta. Au milieu du repas, Castorley annonça à la compagnie qu'un membre de sa famille était mort et lui avait laissé de quoi vivre de ses rentes ; il arrêtait désormais de « faire le nègre » pour se consacrer à la « Littérature ». En général, le Cartel se réjouissait de la bonne fortune d'un camarade, mais Castorley avait le don de déplaire. Aussi à cette nouvelle fut-il publiquement remercié ; et il sortit avant la fin pour aller, dit-on, demander sa main à la mère de « Dal Benzaquen », qui le repoussa. Il ne revint pas. Manallace, qui était arrivé un peu échauffé, fut dans un tel état d'ivresse avant minuit que l'on dut rester afin de le reconduire chez lui. Mais l'alcool ne le touchait jamais au-dessus de la ceinture, et, quand il eut dormi un certain temps, il récita au gaz du chandelier les vers composés à partir des images, déclara que, réflexion faite, il convertirait le poème en opéra-comique, déplora l'effet de Gilbert et Sullivan[2], véritables upas*, chanta un peu pour illustrer son propos et (après une prise de bec, en chemin, avec une négresse en satin jaune) fut dirigé jusqu'à sa porte.

Au bout de quelques années, la perspicacité et le génie de Graydon se trouvèrent récompensés. La lecture et la réflexion du public commencèrent à se situer à un stade supérieur et le Cartel fit fortune. Plus tard encore, les gens exigèrent de leurs lectures cela même à quoi les avaient habitués leurs vêtements et leurs meubles. Et donc, tout comme le sac de luxe est suivi trois semaines plus tard par son frère à deux sous, qui lui ressemble à s'y

---

* Arbre fabuleux de Java censé tuer toute flore et toute faune à vingt kilomètres à la ronde (N.d.T.).

méprendre, ils eurent droit à de parfaits produits de substitution synthétiques pour l'Intrigue, le Sentiment et l'Émotion. Graydon mourut avant l'entrée en lice de l'École des intertitres cinématographiques, mais il laissa à sa veuve vingt-sept millions.

Manallace y gagna une réputation et (ce qui est plus important) de l'argent pour la mère de Vidal quand son mari se fut enfui et qu'apparurent chez elle les premiers symptômes de paralysie. Il cultivait l'aventure jovialement sentimentale racontée dans un style « rue Wardour »[3] qui répondait exactement à l'attente du public, mais ne la dépassait jamais.

Comme il le dit un jour qu'on le pressait d'« écrire un vrai livre » : « Maintenant que j'ai droit à une étiquette, ne comptez pas sur moi pour la jeter aux orties ! Si on épargne aux gens la peine de réfléchir, on peut faire d'eux ce qu'on veut. » En dehors de sa production, c'était un homme de lettres, un vrai. Il loua une petite maison à la campagne et économisa sur tout, sauf sur les soins requis par la mère de Vidal.

Castorley vola plus haut. Lorsque son héritage le dispensa de « faire le nègre », il se fit d'abord critique littéraire, profession qui le vit loyalement éreinter tous ses anciens associés, à mesure qu'ils émergeaient. Après quoi il se mit en quête d'une spécialité. L'ayant trouvée (Chaucer fut sa proie), il consolida sa position, avant de s'y établir, par la prudence de ses propos, la distinction de ses manières et les confidences à ses amis, auxquels il avait, lui aussi, épargné la peine de réfléchir. Il s'ensuivit que, lorsqu'il publia ses premiers articles sérieux sur Chaucer, dans le milieu intéressé tout le monde dit : « Voilà une autorité ! » Mais ce n'était pas un imposteur. Il étudia à fond son poète et son époque et, pendant tout un mois d'empoignade dans une austère revue littéraire, chaque semaine il se battit comme un chien avec un chaucérien de renom, qu'il réduisit en charpie. Il alla, « en souvenir des jours anciens » (comme il l'écrivit à un ami), jusqu'à rédiger un compte rendu de l'un des livres de Manallace, avec un sens intime de la déduction impure (c'était avant Freud) qui fit longtemps date. Un membre de l'ex-Cartel en profita pour lui demander s'il n'accepterait pas, en souvenir des jours anciens, d'aider la mère de Vidal à bénéficier d'un traitement nouveau ; il répondit qu'il avait « connu cette personne très passagèrement et que sa bourse était sollicitée de tant de côtés, vous comprenez... », etc. Son correspondant montra la lettre à Manallace, qui se déclara heureux de la non-intervention de Castorley. La mère de Vidal était alors complètement paralysée ; seuls ses yeux bougeaient encore et ils cherchaient toujours le mari qui l'avait abandonnée. Elle mourut ainsi dans les bras de Manallace en avril de la première année de la Guerre.

Pendant la Guerre, Manallace et Castorley travaillèrent au Bureau de la coordination des contrôles, où ils servaient un peu de lave-vaisselle ministériel. Manallace y renoua connaissance avec Castorley. Ce dernier, qui aimait le sucré, tapait des morceaux de sucre à une dactylo, pour son thé, et quand elle se mit à les offrir à un homme plus jeune, il fit en sorte qu'elle fût dénoncée pour avoir fumé en des lieux interdits. Manallace se procura tous les détails de l'affaire, à titre de dédommagements pour le compte rendu de son livre. Puis était venu un soir où, alors qu'ils attendaient un grand raid aérien, les deux hommes avaient eu une conversation humaine ; et Manallace avait parlé de la mère de Vidal. Castorley lui avait répondu quelque chose et c'est de cet instant-là, comme on l'apprit plusieurs années plus tard, que datait la vraie passion de Manallace, le moteur de sa vie.

À la fin de la Guerre, Castorley s'employa à devenir le Pontife suprême des chaucériens par des méthodes qui n'étaient pas très éloignées de l'usage des gaz asphyxiants. Le pape anglais était muet, en raison de deuils personnels, et la grippe avait emporté le Hun érudit qui régnait sur ses vassaux du Continent. Castorley coqueriquait donc sans rival d'Uppsala à Séville, cependant que Manallace retournait dans sa petite maison, où il y avait, sur la cheminée, la photographie de la mère de Vidal. Celle-ci semblait avoir vidé la vie de Manallace et ne lui avoir laissé qu'un intérêt, toujours éphémère, pour des bagatelles. Ses distractions personnelles consistaient en expériences à l'issue incertaine, qui, disait-il, le reposaient d'une journée de nom de nom et de bon sang de bon sang. Un samedi, je le trouvai, par exemple, dans son arrière-cuisine-remise, en train de faire bouillir des écorces visqueuses qui, mélangées à des noix de galle, à du vitriol et à du vin, devaient se changer en poudre d'encre. Nous fîmes bouillir la décoction jusqu'au lundi et elle se transforma en une colle plus forte que la glu et nous empêtra l'un et l'autre.

Il lui arrivait également, à quelques semaines d'intervalle, de m'entraîner chez Castorley pour l'entendre, assis à ses pieds, parler de Chaucer. La voix de Castorley, déjà désagréable quand il avait été jeune, à une époque où on pouvait l'obliger à se taire en criant plus fort, était devenue, avec la culture et le raffinement, presque insupportable.

Ses afféteries s'étaient également multipliées et figées. Tout au long de ces atroces soirées, il parlait la bouche en cul de poule, prenait des poses, ar-ti-cu-lait et empoisonnait non seulement Chaucer mais toute bribe de littérature anglaise dont il se servait pour enjoliver celui-ci. Il ne reculait devant rien, non plus, pour se faire valoir et « reconnaître » : il ourdissait des intrigues compliquées ; il nouait des amitiés superficielles ou tramait des conspirations sans lendemain, appelées aussitôt à se dissoudre en faveur d'alliances plus prometteuses ; il flattait, rabrouait, chapitrait, organisait et mentait avec autant de ténacité qu'un politicien, à la poursuite du titre de « chevalier-commandeur »[4] dû non pas à sa personne (à Dieu ne plaise qu'il y songeât !) mais à Chaucer, en guise d'hommage. Il lui arrivait toutefois de s'affranchir de son obsession et il apportait alors la preuve que chez l'homme le travail veut encore sauver l'âme. Il nous parlait d'une manière charmante de copistes du quinzième siècle en Angleterre et dans les Pays-Bas, qui avaient multiplié les manuscrits de Chaucer ; il en restait... (il nous cita le nombre exact) et nous dit que chaque scribe pouvait être par lui (sous-entendu : « et par lui seul ») distingué de chacun des autres à telle façon particulière de former ses lettres, de les espacer, ou semblable jeu de plume, et qu'il pouvait déterminer la date de leur ouvrage à cinq ans près. Parfois, nous avions droit à une heure d'exposé vraiment intéressant, puis il en revenait à cette « reconnaissance » publique qui tardait. Ces changements m'écœuraient, mais Manallace défendait Castorley : c'était, me disait-il, un maître dans son domaine, qui avait révélé Chaucer à au moins une âme reconnaissante.

Ce fut, si j'ai bonne mémoire, cet automne-là que Manallace alla en vacances dans les Shetland ou les îles Féroé et en rapporta la pierre d'un moulin à bras. Il dit que l'objet l'intéressait d'un point de vue ethnologique. Cette toquade dura jusqu'à la moisson suivante et fit place à une crise mystique qui naturellement trouva à s'exprimer en littérature. Il me montra une vulgate de 1485, délabrée et mutilée, dont le dos avait été rapiécé de bouts de parchemins de notaire ; il l'avait payée trente-cinq shillings. La tentative faite par quelque moine de rubriquer les initiales des chapitres avait séduit apparemment son imagination désœuvrée et pendant des semaines il s'amusa avec les coquilles de peinture d'or et d'argent.

Cette passion s'éteignit elle aussi. Il se rendit alors sur le Continent afin d'y puiser la couleur locale pour une histoire d'amour, à propos du duc d'Albe[5] et des Hollandais, et l'année suivante, je ne le vis pratiquement pas. Du coup, je fus dispensé de voir souvent Castorley, mais, de temps à autre, j'allais dîner chez lui, où j'entendais son épouse (une femme peu ragoûtante, au teint cendreux) déclarer ouvertement que les amis de son mari l'assommaient presque autant que lui-même l'ennuyait. Mais lors d'une rencontre ultérieure, alors que Manallace venait d'achever son roman hollandais, je trouvai Castorley sur le point d'exploser de triomphe, brûlant de livrer les informations capitales qu'il détenait. Il me confia qu'on devait s'attendre sous peu à une grande révélation et que la « reconnaissance » serait inévitable. J'en conclus naturellement qu'il se préparait quelque nouvel esclandre ou une hérésie de plus parmi les chaucériens et je modérai ma curiosité.

Puis un beau jour, New York télégraphia qu'un fragment d'un conte de Cantorbéry jusqu'alors inconnu se trouvait en sûreté entre les murs d'acier de la chambre forte de la Collection Sunnapia, qui valait sept millions de dollars. C'était une nouvelle de portée internationale : le Nouveau Monde exultait ; l'Ancien déplorait « le fardeau du fisc britannique qui faisait que pareils trésors quittaient, etc. » et les publications plus légères se divertissaient chacune en fonction de son public ; car « notre Dan », comme le souligna le directeur sérieux d'un journal du dimanche, « est plus cher au cœur de la nation que ne sçavons ». Je me rendis (politesse oblige) chez Castorley qui, à ma surprise, n'était pas encore descendu dans l'arène. Je le trouvai, rajeuni par la joie, en pleine correction d'épreuves toutes fraîches.

Oui, dit-il, tout était vrai. Il était mêlé à l'affaire depuis le début, naturellement. On avait trouvé cent sept vers inédits de Chaucer adjoints à une fin écourtée du « Conte du curé de campagne », entièrement de la main d'Abraham Mentzius, plus connu sous le nom de Mentzel d'Anvers (1388 - 1438/9) (je me rappelais peut-être qu'il m'avait parlé de ce copiste...), qui avait pour caractéristiques distinctives des *g* d'allure plus ou moins byzantine, l'usage d'un « roseau-faucille » biseauté qui mordait dans le vélin au niveau de certaines lettres et surtout une tendance à orthographier ses mots anglais à la hollandaise, comme le manuscrit en apportait une preuve convaincante. Par exemple (il l'écrivit en entier à mon intention), une jeune fille qui prie le Ciel de lui épargner un mariage dont elle ne veut pas dit :

« Ah Jesu-Moder, pitie my oe peyne.
Daiespringe mishandeelt cometh nat agayne.* »

Avais-je remarqué l'orthographe de « mishandeelt » ? Du pur hollandais !... Et le péché mignon de Mentzel ! Mais un homme de son rang, n'est-ce pas ? ne tirait jamais de conclusions hâtives. La page avait fait partie du renforcement du plat d'une vieille bible, incluse dans un lot acheté par Dredd, le grand libraire, parce qu'elle comprenait plusieurs miniatures, et que Dredd avait expédié par bateau avec d'autres pièces du même genre à destination de la Collection Sunnapia où l'on préparait une vitrine sur toute l'histoire de l'enluminure, sans se soucier du nombre de livres qu'on massacrait à cette fin. Là-bas, quelqu'un qui avait remarqué une fente dans le dos de l'ouvrage avait exhumé le fragment.

« Au début ils n'ont su qu'en penser. Mais ils savaient que j'existais, moi ! Ils n'ont rien dit avant de m'avoir consulté. Peut-être avez-vous remarqué que j'ai passé trois mois à l'étranger.

» J'étais là-bas, naturellement. C'est ce qu'on appelle un "sabot" : une page que Mentzel avait "sabotée" avec son orthographe hollandaise (on lui aura sans doute dicté l'anglais), puis manifestement il s'était servi du vélin pour essayer ses roseaux ; après quoi, j'imagine, il avait écarté cette page. Le "sabot" avait été plié en deux, les deux moitiés collées et le tout glissé à l'intérieur pour renforcer la vieille reliure. Je l'ai fait ouvrir, à la vapeur, et j'ai analysé le bain. Celui-ci a révélé dans la colle

* Ah ! Jésus-Marie, aie pitié de ma peine !
L'aurore manquée ne revient pas.

les grains de farine (grossière, à cause de l'ancienne meule) et il y avait des traces du grain de la pierre elle-même. Pardon ? Oh ! peut-être un moulin à bras de l'époque de Mentzel. Il se peut qu'il ait plié en deux la page sabotée et qu'il l'ait utilisée, parmi d'autres, comme tampon sur lequel graver ses bois sans qu'ils bougent. Elle a pu traîner dans son atelier pendant des années. D'ailleurs, c'est pratiquement certain, parce qu'un débutant originaire des Pays-Bas a essayé son roseau avec quelques vers d'un cantique de moine (la cadence n'en est pas mauvaise, ma foi), ce qui devait n'être rien que de banal. Oui, la page a pu servir à d'autres livres avant la vulgate. Mais peu importe ; l'important, c'est ce qui suit. Écoutez plutôt ! J'ai prélevé pour analyse un échantillon à partir d'une tache dans un coin de la page (Mentzel avait dû déjà renoncer à la sauver et se montrait moins soigneux) et j'ai obtenu l'encre même de l'époque ! C'est un produit pratiquement inaltérable, correspondant à la formule de... j'ai oublié son nom pour le moment... le scribe de Bury St Edmunds, naturellement... écorce d'aubépine et vin... bref, la formule de *cet* homme. *Cela* ne vous intéresserait pas non plus, mais qu'on ajoute cet indice aux autres et le doute n'est plus permis (vous verrez tout cela dans mon communiqué de presse, lundi). Époustouflant, non ?

— Époustouflant, dis-je sincèrement. Mais dites-moi ce que racontait le conte. C'est davantage dans mes cordes.

— Je sais, mais *moi*, je suis tenu d'être compétent sur tous les fronts. Il est relativement facile de se prononcer quant aux vers. La fraîcheur, l'humour, l'humanité, le parfum de tout ce passage, c'est Dan ! ce ne peut être que Dan ! D'ailleurs le

“*Daiespringe* manquée” suffit : il porte le sceau de Dan. Aussi retentissant que la fatalité, jeune homme ! Oui, aussi retentissant que la fatalité ! Tout cela est dans mon communiqué. Disons en substance que le fragment parle d’une jeune fille dont les parents souhaitent qu’elle épouse un soupirant âgé. La mère n’y tient pas trop, mais le père (un vieux chevalier), si ! La fille, bien entendu, est amoureuse d’un homme plus jeune et plus pauvre. Rien que de banal ? Je vous l’accorde. Ensuite le père reçoit l’ordre de partir en croisade, alors qu’il n’en a pas la moindre envie et, pour “refiler le coup de pied” comme on disait pendant la Guerre, il ordonne que la jeune fille soit emprisonnée jusqu’à ce qu’il revienne ou qu’elle accepte le barbon. Rien que de banal encore ? Soit ! C’en est trop pour la mère. Elle rappelle au vieux chevalier son âge et ses infirmités ainsi que l’inconfort qui s’attache aux croisades. Mais je vous ennuie…

— Pas du tout ! » dis-je, bien que le temps se soit mis à tourbillonner à rebours dans mon cerveau, pour en revenir à une petite salle du Neminaka (velours rouge et odeur de pommade) et aux traits figés de Manallace déclamant ses vers au gaz.

« Vous lirez tout dans mon communiqué, la semaine prochaine. En résumé, la vieille dame parle à son mari d’un certain chevalier-aventurier sur la côte française, qui, moyennant finance, tend une embuscade aux chevaliers peu friands de croisade, exige d’eux une rançon impossible et les retient prisonniers jusqu’à la fin de la campagne, sauf quand il les renvoie malades. Il a un bateau en Manche pour les cueillir et transfère ses proies dans son château, à terre, où il passe pour bien les traiter. Comme la vieille dame l’indique :

» And if perchance thou fall into his honde
» By God how canstow ride to Holilonde ?*

» Vous voyez ! Aussi moderne quant au fond que Gilbert et Sullivan, mais traité comme seul le pouvait Dan ! La dame lui rappelle que "l'honneur et les vieux os" se sont séparés depuis longtemps ; alors il invoque magnifiquement, une fois,

» Lat all men change as Fortune may send,
» But Knighthood beareth service to the end**

» après quoi, naturellement, il cède :

» For what his woman willeth to be don
» Her manne must or wauken Hell anon***

» Elle suggère ensuite que le jeune amoureux de leur fille (il est dans le commerce du vin de Bordeaux) pourrait entamer des négociations en vue d'un enlèvement sans compromettre le chevalier. Et c'est alors que ce sauvage, ce sagouin de Mentzel sabote sa page et la jette ! Mais on a suffisamment de texte pour montrer ce qui va se passer. Vous verrez tout dans mon communiqué. Y a-t-il jamais eu découverte littéraire qui battît celle-ci ? Et dire qu'on fait chevaliers des épiciers parce qu'ils vendent du fromage ! »

Je m'en allai avant qu'il eût véritablement enfour-

---

* Et si d'aventure vous tombez entre ses mains
Pardieu ! comment pouvez-vous aller en Terre sainte ?

** Laissons les hommes changer au gré du hasard !
Chevalier sert jusqu'au bout !

*** Car ce qu'épouse veut qu'on fasse
L'époux doit le faire ou réveiller l'Enfer !

ché son dada. Je voulais réfléchir et voir Manallace. Mais j'attendis le communiqué de Castorley. Il ne s'était ménagé aucune échappatoire. Et lorsque, un peu plus tard, parut (attribué pour la forme aux gens de la Sunnapia) son rapport de leurs analyses et autres tests, les critiques cessèrent et plusieurs journaux commencèrent à exiger une « reconnaissance publique ». Manallace m'écrivit à ce propos et je me rendis chez lui, à la campagne, où il me demanda immédiatement de signer une pétition en faveur de Castorley. Avec un peu de chance, dit-il, nous pourrions lui obtenir un K.B.E. dans la prochaine liste de décorations. Avais-je lu le communiqué ?

« Oui, répondis-je. Mais j'ai une question à te poser d'abord. Te rappelles-tu le soir où tu t'es soûlé au Neminaka et où je suis resté après les autres pour m'occuper de toi ?

— Oui ! j'y suis..., dit-il, pensif. Attends une seconde ! Je me rappelle que Graydon m'a avancé deux livres. C'était un patron généreux. Et je me rappelle... mais qui diable m'a fait rouler sous la banquette... et pourquoi ?

— Nous tous, répondis-je. Tu voulais nous lire ce que tu avais composé à partir de ces illustrations chaucériennes.

— Je ne m'en souviens pas. Non ! je ne me souviens de rien après l'épisode de la banquette... C'est toi-même qui as toujours dit m'avoir reconduit chez moi, n'est-ce pas ?

— Oui, et tu as dit à Kentucky Kate devant l'ancien Empire* que tu avais été fidèle, Cynara, à ta façon.

* Très grande salle de variétés construite en 1882 à Leicester Square. De nombreuses prostituées circulaient au foyer-promenade (N.d.T.).

— Vraiment ? dit-il. Mon Dieu ! Ma foi, j'imagine que je l'ai été. »

Ses yeux fixèrent le feu.

« Quoi d'autre ?

— Avant que nous quittions le Neminaka, tu m'as récité ce que tu avais fait à partir des gravures... le conte, *in extenso* ! Et maintenant, comprends-tu ?

— Ouiii...

Il hocha la tête.

« Et que vas-tu faire à présent ?

— Non ! C'est à toi qu'il faut poser la question.

— Je vais l'aider à obtenir son étoile de ''chevalier'' pour commencer.

— Pourquoi ?

— Je vais te répéter ce qu'il m'a dit sur la mère de 'Dal... le soir où il y a eu ce raid sur les bureaux. »

Il me le répéta.

« Voilà pourquoi, dit-il. Ma conduite est-elle justifiée ? »

Il me sembla que oui, pleinement.

« Mais une fois qu'il aura eu son étoile ? continuai-je.

— Ça dépend. Il y a plusieurs possibilités. Cela m'intéresse.

— Diable ! Moi qui t'ai toujours pris pour quelqu'un qui ne s'intéressait à rien.

— C'était le cas. C'est à Castorley que je dois mes intérêts. Oui, tous, sauf celui que j'ai pour le conte proprement dit.

— Et cet intérêt-là, d'où te vient-il ?

— Il y avait quelque chose dans ces sinistres gravures qui a déclenché une réaction chez moi... une sorte de possession, j'imagine. J'étais également amoureux. Ce n'est pas étonnant que je me sois soûlé ce soir-là. J'avais vraiment été Chaucer pendant toute une semaine ! Puis je me suis dit que je pourrais en faire un opéra-comique. Mais Gilbert et Sullivan étaient trop forts.

— C'est ce que tu m'as dit à l'époque, je me rappelle.

— J'ai conservé le conte dans mes papiers et cela m'a conduit à m'intéresser à Chaucer, du point de vue philologique, etc. J'y ai travaillé en ce sens pendant des années. Il n'y avait pas la moindre faiblesse au niveau de l'expression, même en 14. C'est à peine si j'ai eu à retoucher mon texte.

— As-tu raconté l'histoire à d'autres qu'à moi ?

— Non, seulement à la mère de 'Dal... quand elle pouvait encore écouter... pour l'endormir. Mais lorsque Castorley a dit... ce qu'il a dit sur elle, je me suis dit que je pourrais m'en servir un jour. Ce n'était pas difficile. C'est lui qui m'a appris. Te rappelles-tu mes expériences avec la glu et le produit sur nos mains ? Il y avait plus d'un an que j'essayais d'obtenir cette encre. Castorley m'a dit où trouver la formule. Et le jour où tu t'es cassé la figure sur le moulin à bras ?

— D'où la poussière de pierre sous le microscope ?

— Oui. J'ai fait pousser le blé dans le jardin de cette maison et je l'ai moulu moi-même. Castorley m'a donné tout Mentzel, de A à Z. Il m'a mis sur la piste d'un manuscrit au British Museum qui était selon lui le plus bel échantillon du travail de Mentzel. J'ai passé des mois à copier ses "*g* byzantins".

— Et qu'est-ce qu'un "roseau-faucille" ? demandai-je.

— On taille en biseau l'un des deux côtés de son roseau jusqu'à ce qu'il racle et gratte aux arrondis des lettres. Castorley m'a tout dit des blancs et des marges de Mentzel. Je n'avais plus qu'à m'habituer à son écriture.

— Combien de temps t'a-t-il fallu ?

— Avec des périodes d'interruption... plusieurs années. Au début j'étais trop ambitieux : je voulais donner le poème en entier. Ç'aurait été dangereux. Puis Castorley m'a parlé des pages sabotées et je me suis dit "Tiens !". J'ai orthographié "aurore *mishandeelt*" à la façon de Mentzel... pour être sûr qu'on pense à lui. En soi, ce n'est pas un mauvais distique. As-tu vu comment il en admire le style "retentissant" ?

— Ne t'occupe pas de lui ! Continue ! » dis-je.

Et il continua. Castorley lui avait servi de guide fidèle de bout en bout et donné le détail minutieux de chacun des pièges où il devait tomber lui-même plus tard. Le vélin avait été trouvé à Anvers et introduit dans la couverture de la vulgate après de nombreux cours de reliure pour amateurs. En fin de compte, il l'avait recouvert de bouts d'acte notarié et d'une page imprimée (1686) des *Odes* d'Horace, légitimement utilisée par divers propriétaires aux dix-septième et dix-huitième siècles pour restaurer un ouvrage. Et au dernier moment, pour illustrer la théorie de Castorley selon laquelle dans les ateliers les débutants utilisaient des pages sabotées, Manallace avait écrit quelques mots latins dans le style du quinzième siècle (le communiqué en donnait la date exacte) en travers d'un blanc sur le fragment. Le texte en était le suivant : « *Illa alma Mater ecca, secum afferens me acceptum. Nicolaus Atrib.* » Écouler sa marchandise avait été l'étape la plus facile : il s'était contenté d'aller traîner souvent dans la sombre librairie de Dredd, avec ses quinze pièces, où on le connaissait bien, achetant de temps à autre, mais généralement feuilletant les ouvrages, jusqu'au jour où Dredd père lui avait montré une malle de volumes sans grande valeur, en gothique, en provenance à la fois d'Angleterre et du Continent, qu'on emballait pour les gens de la Sunnapia et parmi lesquels Manallace avait glissé sa contribution en prenant soin de tordre le dos du livre suffisamment pour mettre sur la piste un chercheur attentif.

« Et après ? demandai-je.

— Six mois plus tard environ, Castorley m'a envoyé chercher. La Sunnapia avait trouvé le texte et comme Dredd l'avait laissé échapper et qu'il n'y avait aucune motivation pécuniaire apparente, dès le départ ils étaient à moitié convaincus de son authenticité. Mais ils ont invité Castorley en Amérique. Il s'est entretenu avec leurs experts et a suggéré les tests scientifiques. C'est moi qui lui en ai donné l'idée, avant qu'il s'embarque. Voilà tout. Et maintenant veux-tu signer notre pétition ? »

Je signai. Avant même que nous ayons fini de la faire circuler, nous avions déjà reçu le renfort d'une armée de noms influents et profitâmes de l'élan donné par le vaste débat littéraire que souleva chaque détail de cette magnifique découverte. Il en résulta un K.B.E.* pour Castorley dans la liste suivante de décorations ; et, dès l'après-midi, lady

---

* Officiellement, c'était en récompense de ses services au sein du Bureau de la coordination des contrôles, mais tous les vrais amants de la littérature connaissaient la véritable raison et en informèrent la presse (N.d.A.).

Castorley, ses cartes dûment imprimées, rendit visite à ses amies.

Manallace m'invita à l'accompagner chez eux deux ou trois jours plus tard afin d'exprimer au couple notre plaisir et notre satisfaction. Nous fûmes récompensés par le spectacle d'un homme détendu perché sans façons (pour ne pas dire vautré nu) sur la crête du Succès. Il nous assura que « le Titre » ne devrait rien changer à nos futures relations, puisqu'il ne s'adressait nullement à sa personne, mais qu'il constituait, comme il l'avait souvent dit, un hommage à Chaucer ; « et, après tout », déclara-t-il en jetant un coup d'œil au miroir placé au-dessus de la cheminée, « Chaucer était le prototype du "trez-parfaict gentil-chevalier" de l'Empire britannique, pour autant qu'il existât rien de tel à son époque. »

Au retour, Manallace me dit qu'il envisageait soit une révélation sans préavis — dans la presse de bas-étage — qui ferait s'écrouler la réputation de Castorley sous son nez un de ces jours au petit déjeuner, soit une conversation privée, au cours de laquelle il ferait comprendre clairement à Castorley qu'il lui faudrait défendre ce faux jusqu'à la fin de ses jours, sauf à voir Manallace en trahir l'existence si Castorley fléchissait.

Il penchait en faveur de la deuxième stratégie.

« Si je déballe tout dans les journaux, dit-il, Castorley risque de perdre la boule de trez-parfaict gentil-fou. Je veux préserver son intellect.

— Et toi, dans l'histoire ? Peu importe le faux ! Mais si tu parles, tu le tueras, dis-je.

— Telle est mon intention. Et moi, demandes-tu ? Je suis mort depuis... c'était un 14 avril. Mais rien ne presse. Et elle, que te disait-elle, au moment où nous sortions ?

— Elle m'a dit quel prix son mari attachait à ta sympathie et à ta compréhension. Elle a dit qu'elle pensait que sir Alured lui-même ne mesurait pas toute l'étendue de ses obligations à ton égard.

— Elle a raison, mais je n'aime pas sa formulation.

— Rien que de banal, comme dit toujours Castorley.

— Pas avec *elle*. Elle entend ce que l'on pense.

— Elle ne m'a jamais fait ce genre d'impression.

— Ah ! on voit que ce n'est pas *toi* qui joues contre elle.

— On a des remords, Manallace ?

— Hum ! Je me demande qui en a. Elle ou moi ? J'aurais *préféré* qu'elle ne dise pas cela.... "Plus encore qu'*il* ne le mesure lui-même"... J'attendrai un moment avant de retourner chez eux. »

Il s'abstint d'y retourner jusqu'au jour où nous lûmes que sir Alured, en raison d'une légère indisposition, n'avait pu assister à un dîner donné en son honneur.

Renseignements pris, il s'agissait seulement d'une réaction bien naturelle, après une période de tension ; pour l'instant, cette réaction prenait la forme d'une dyspepsie nerveuse ; sir Alured serait heureux de recevoir Manallace n'importe quand. Manallace dit qu'il lui avait trouvé mauvaise mine, les traits tirés, mais qu'il ne tarissait pas sur sa nouvelle vie et son nouveau rang, fier de ce que son dévouement eût fait de lui un tel martyr. Il allait réunir, rassembler et développer toutes ses déclarations et conclusions en un seul ouvrage qui ferait autorité.

« Il faut, moi aussi, que je me dévoue, dit

Manallace. J'ai rassemblé presque tous ses laïus relatifs à la Découverte qui ont paru dans la presse, et il m'a promis tout élément qui me manquerait. Je vais l'aider. Ce sera pour moi un nouvel intérêt.

— Comment t'y prendras-tu ? demandai-je.

— Je pense que je citerai ses déductions tirées des faits et mettrai celles-ci en parallèle avec mes expériences : l'encre, la colle et tout le reste. Cela ne devrait pas manquer d'intérêt.

— Mais il n'y aura d'autre preuve que ta parole. Quand un mensonge a pris racine, il est difficile de le reprendre, dis-je. Surtout quand on l'a semé soi-même. »

Il s'esclaffa.

« J'ai prévu le coup — au cas où il m'arrive quelque chose. Te rappelles-tu le "Cantique du moine" ?

— Et comment ! Il y a déjà des pages et des pages là-dessus !

— Eh bien ! écris donc ces dix mots sous forme de colonne et lis les premières lettres, puis les secondes, verticalement ; et regarde ce que tu obtiens !* Ma banque a la formule. »

Il embrassa sa nouvelle tâche avec amour, en prenant son temps, et Castorley lui apporta toute

---

* Illa
alma
Mater
ecca
secum
afferens
me
acceptum
Nicolaus
Atrib (N.d.A.).

l'aide promise. Entre eux, c'était pratiquement un travail de collaboration, car Manallace suggéra de regrouper toutes les preuves strictement scientifiques de Castorley et de rejeter en annexe ses déductions et dithyrambes. Il l'assura que le public préférerait cette présentation et, après mûre réflexion, Castorley accepta.

« C'est mieux ainsi, me dit Manallace. Maintenant, j'aurai moins d'hiatus dans mes extraits. Les points de suspension donnent toujours au lecteur un sentiment de malhonnêteté. Je me contenterai de le citer en bloc, et de le déchiqueter, preuve par preuve et date par date, en colonnes parallèles. Son livre l'use toutefois plus qu'il ne me plaît. Par deux fois, depuis que je travaille avec lui, je l'ai vu plié en deux, à cause de douleurs au ventre. Et c'est tout à fait le genre de monstre plein de vent qui risque d'avoir l'appendicite. »

Nous ne tardâmes pas à apprendre que les crises étaient dues à des calculs biliaires, qui nécessiteraient une opération. Castorley supporta très bien le choc. Il avait pleine confiance en son chirurgien, un vieil ami du ménage ; une foi solide en sa propre constitution ; la conviction profonde que rien ne lui arriverait avant l'achèvement du livre et, par-dessus tout, la volonté de vivre.

Il souligna ces atouts d'une voix un peu blanche, par moments, et avec des yeux plus brillants que d'habitude, de part et d'autre d'un nez qui s'aiguisait quelque peu.

J'avais rencontré Gleeag, le chirurgien, une ou deux fois seulement chez Castorley, mais j'avais toujours entendu parler de lui comme d'un homme très compétent. Il dit à Castorley que ses ennuis étaient le prix à payer, sous une forme ou sous une autre, par tous ceux qui avaient servi leur pays ; et que, en termes de tension, Castorley avait pratiquement été sur le front durant ces trois années passées par lui au Bureau de la coordination des contrôles. Le problème avait néanmoins été pris à temps et, d'ici quelques semaines, il n'aurait plus à se tracasser.

« Et s'il mourait ? dis-je à Manallace.

— Il ne mourra pas. J'ai parlé à Gleeag. Il dit que Castorley se porte bien.

— Rien que de très banal peut-être dans la bouche d'un Gleeag.

— J'aurais préféré que tu ne dises pas ça. Mais Gleeag n'aurait tout de même pas le toupet de jouer avec moi... ou avec elle.

— Et pourquoi pas ? J'imagine que c'est déjà arrivé. »

Mais Manallace dit avec insistance que ce serait impossible, en l'occurrence.

L'opération fut un succès et, quelques semaines plus tard, Castorley commença à refondre le plan de son livre et le plus gros du contenu.

« Laisse-moi faire à ma guise ! dit-il, lorsque Manallace se récria. Ils me traitent trop en bébé. Je n'ai vraiment plus besoin que Gleeag vienne me voir tous les jours. »

Mais lady Castorley nous dit qu'il avait besoin d'être suivi de près. Son cœur avait accusé le coup et il convenait de lui éviter tout tracas, toute déception.

« Même si, dit-elle à Manallace en se tournant vers lui, vous savez mille fois mieux que lui quel plan donner à son livre.

— Mais, je vous assure, reprit Manallace, je fais très attention à ne pas lui créer... »

Elle agita un doigt espiègle dans sa direction.

« C'est ce que vous croyez ; mais souvenez-vous ! il me dit tout ce que vous lui dites, exactement comme il m'a répété tout ce qu'il vous racontait, à vous, dans le temps. Oh ! je ne parle pas de ce dont les hommes discutent entre eux... Je veux parler de son Chaucer.

— Je ne savais pas, dit Manallace, d'une voix sans force.

— C'est bien ce que je pensais. Il ne me fait jamais grâce de rien. Mais, quant à moi, ça m'est égal ! » répondit-elle en riant.

Puis elle alla rejoindre Gleeag, qui effectuait sa visite quotidienne.

Gleeag dit qu'il n'avait pas d'objection à ce que Manallace travaillât au livre avec Castorley pendant un laps de temps déterminé — disons deux fois par semaine —, mais il abonda dans le sens de lady Castorley qui exigeait que son mari ne fût pas surmené pendant ce qu'elle appelait « les heures sacrées ». Travailler avec Castorley devint de plus en plus difficile et le peu de retenue dont il avait encore fait preuve jusqu'alors en matière d'autosatisfaction disparut complètement.

« Il dit qu'il n'y a jamais rien eu de comparable dans l'histoire des lettres, gémit Manallace. Il veut maintenant m'en "faire hommage" (il ne dédie jamais, voyons !) ; en faire hommage à son "très précieux collaborateur". Et le comble dans l'histoire, c'est qu'elle l'encourage à le publier vite. Pourquoi ? Que sait-elle au juste de notre affaire, à ton avis ?

— Pourquoi devrait-elle en savoir quoi que ce soit ?

— Tu l'as entendue déclarer qu'il lui avait tout

répété de ce qu'il m'avait lui-même raconté à propos de Chaucer ? (J'aurais préféré qu'elle n'ait pas dit cela). Si elle fait le rapprochement, elle ne peut pas ne pas voir que chacune des idées de son mari, chacune de ses théories a été montée en épingle. Mais alors... oui... Pourquoi essaie-t-elle de hâter la publication ? Elle dit que je suis toujours sur son dos. C'est elle qui le talonne, constamment, pour qu'il se dépêche. »

Castorley dut se surmener, car, deux ou trois mois plus tard, il se plaignit d'un point de côté à droite, dont Gleeag dit que c'était une séquelle bénigne de l'opération, un petit accident de parcours. Cela le retarda quelque peu, mais il se remit à l'ouvrage, invaincu.

Le livre devait paraître à l'automne. L'été passait et l'éditeur se faisait pressant ; c'était le moment (me dit-il, quand je retournai le voir après un assez long intervalle) que Manallace avait choisi pour partir en vacances. Il n'était pas content de Manallace : lui, qui avait été naguère son aide de camp infatigable, à présent temporisait, multipliait les objections dilatoires. Lady Castorley s'en était aperçue, elle aussi.

Entre-temps, avec l'aide de lady Castorley, il faisait de son mieux pour activer les choses ; mais Manallace avait égaré (par jalousie ? qu'en pensai-je ?) des pages essentielles qu'on lui avait dictées. Et lady Castorley écrivit à Manallace, retardé par un petit accident d'automobile sur le Continent, que le tracas de l'attente nuisait à la santé de son mari. À son retour de voyage, Manallace me montra la lettre.

« Il s'est fait un peu de tracas, je crois », dis-je.

Manallace eut un frisson.

« Si je reste à l'étranger, j'aide à le tuer. Si je l'aide à finir le livre rapidement, on s'attend à ce que je le tue. Elle, elle a compris, dit-il.

— Tu es fou. C'est une véritable obsession chez toi.

— Mais non ! Écoute ! Tu te rappelles que Gleeag m'a donné de quatre heures à six heures, deux fois par semaine, pour travailler avec Castorley. C'est ce qu'elle appelle "les heures sacrées". L'as-tu entendue ? Eh bien, ce sont effectivement des "heures sacrées". Pour eux deux, Gleeag et elle. Mais elle est d'une laideur si diabolique et moi d'une telle sottise, qu'il m'a fallu des semaines pour découvrir le pot aux roses.

— Ça, c'est leur affaire, répondis-je. Cela ne prouve pas qu'elle ait compris quoi que ce soit à propos du Chaucer.

— Bien sûr qu'elle a compris ! Il lui a répété tout ce qu'il m'a dit pendant toutes ces années où je l'ai cuisiné. Quand c'est sorti, elle a fait le rapprochement. Elle a vu exactement la façon dont j'avais tendu mes pièges. Je le sais ! Elle a essayé de me faire avouer.

— Qu'as-tu fait ?

— Celui qui ne comprenait pas où elle voulait en venir, bien entendu. Puis elle a demandé à Gleeag, devant moi, s'il ne pensait pas que le retard pris par le livre n'était pas pour sir Alured source de tracas. Il pensait que non. Il a dit que la sortie de l'ouvrage risquait de le priver d'un sujet d'intérêt. Il a eu au moins ce minimum de décence. C'est elle le monstre !

— Quel jeu crois-tu qu'elle joue alors ?

— Si Castorley sait qu'il s'est fait piéger, il en mourra. Elle me talonne, indirectement, pour que je lâche le morceau. Je t'ai dit qu'elle voulait en faire une sorte de plaisanterie entre nous. Gleeag est disposé à attendre. Il sait que Castorley est un homme mort. Ça leur échappe au milieu de la conversation : ils disent "il était" au lieu d'"il est". Ils le savent tous les deux. Elle veut seulement le voir expédié plus vite.

— C'est incroyable ! Que vas-tu faire ?

— Que puis-je faire ? En tout cas, je ne vais pas le pousser dans la tombe. »

Noblement, il inventa des compromis visant à détourner ailleurs l'intérêt de Castorley, afin de retarder la publication. Ce ne fut pas une réussite. L'automne avançait ; Castorley se faisait toujours plus de tracas et souffrait de nouveau de ses coliques inquiétantes. Finalement, Gleeag lui dit qu'elles pouvaient provenir, à son avis, d'un calcul ayant échappé jusque-là à l'observation, qui descendait petit à petit. Une deuxième intervention relativement bénigne éliminerait le problème une fois pour toutes. Au cas où Castorley souhaiterait avoir un autre avis, Gleeag donna le nom d'un éminent confrère.

« Ensuite, dit-il gaiement, nous discuterons votre cas tous les deux. »

Castorley n'avait pas envie qu'on « discutât son cas ». Il était accablé de douleurs au côté ; au début, elles avaient cédé aux fortifiants gastriques prescrits par Gleeag, mais désormais, tel un mal de dent, elles faisaient sentir continuellement leur présence. C'est dans sa chambre-bureau qu'il se sentait encore le mieux, entouré de ses chères épreuves. Si la douleur devenait insupportable, il songerait à se faire réopérer. En attendant, Manallace (« Manallace le méticuleux », comme il l'appelait) partageait son avis quant au fac-similé de la page de Mentzel effectué par la Sunnapia : la reproduction n'avait pas tout à fait la qualité requise par l'ouvrage capital en préparation ; et les gens de la Sunnapia, très serviablement, recommençaient tout. Cela repousserait les choses jusqu'au début du printemps, ce qui n'était pas sans avantages : Castorley pourrait, dans l'intervalle, tout revoir d'un œil neuf.

Je glanai ces renseignements au fil de visites espacées, cependant que les jours raccourcissaient... Castorley voulait absolument que Manallace s'en tînt aux « heures sacrées » et Manallace voulait absolument me voir l'accompagner, si possible. Ils s'entretenaient seuls tous les deux pendant environ une demi-heure, cependant que j'écoutais au salon une insupportable pendule. Puis je les rejoignais et aidais à faire passer le reste du temps, tandis que Castorley sautait du coq à l'âne. Désormais, son élocution était souvent confuse et hésitante, conséquence des « fortifiants gastriques », et son visage vint à ressembler à un ancien vélin.

Ce fut quelques jours après Noël (l'opération avait été reportée au vendredi suivant) que nous lui rendîmes visite ensemble. Sa femme nous annonça alors que sir Alured avait contracté une petite toux d'hiver irritante, due à une vague de froid, mais que nous ne devions pas, pour autant, abréger notre visite. Nous le trouvâmes dans un nuage de vapeur parfumée au baume du Caire. Il agita dans notre direction le premier fac-similé de la Sunnapia. Nous convînmes qu'il aurait dû être de meilleure qualité. Castorley prit une dose de sa potion, s'adossa aux oreillers et nous demanda de fermer la porte à clé. Il y avait quelque part, murmura-t-il, quelque chose de louche. Il n'arrivait pas à mettre le doigt dessus, mais c'était dans l'air. Il avait l'impression qu'on se jouait de lui. Cela ne lui plaisait pas. Il y avait quelque chose de louche partout autour de lui. L'avions-nous remarqué ? Manallace et moi, lentement et séparément, niâmes avoir remarqué rien de tel.

Un bref accès de toux, et le voilà aussitôt en proie à l'horrible, à l'impuissante panique des malades : ces êtres dont le sort est pire que celui des prisonniers et qui sont à la merci et à la discrétion des bien-portants pour le moindre service, le moindre espoir. Il voulait s'en aller. Pourrions-nous l'aider à faire sa valise ? Ou bien, si cela devait trop attirer l'attention de certaines personnes, l'aider à s'habiller et à sortir ? Il y avait une rectification à apporter d'urgence, et maintenant qu'il avait obtenu son Titre et qu'il savait ce qu'il voulait, tout finirait bien et lui-même retrouverait la santé. *De grâce*, pourrions-nous le laisser sortir, simplement pour qu'il parlât à... ? Et il la nomma ; il la nomma par son « petit » nom de l'époque du Neminaka. Manallace se dit tout à fait d'accord et lui recommanda une gorgée de « fortifiants gastriques » pour lui donner un coup de fouet après qu'il était resté si longtemps enfermé. Castorley s'exécuta et Manallace lui suggéra que ce serait mieux, après sa visite, qu'il vînt, muni des secondes épreuves, passer la fin de la semaine chez lui à la campagne ; ils pourraient alors réviser le dernier chapitre. Castorley réagit au médicament et à quelques mots élogieux sur son travail, et se mit bientôt à minauder d'une voix à moitié endormie. Oui, sans aucun doute, c'était du beau travail — même si ce n'était pas à lui de le dire. Il chanta ses propres louanges pendant un certain temps, avant de nous déclarer, le front perplexe et les yeux clos, que sa femme avait dit récemment que c'était trop beau — tout cela, comprenions-nous ? c'était trop beau. Il nous invita à saisir la nuance exacte de ce qu'elle avait voulu dire. Elle avait exprimé, ou insinué plutôt, ce doute. Elle avait dit (à nous, ajouta-t-il, de tirer nos propres conclusions !) que la découverte du Chaucer avait « devancé les besoins de l'humanité ». Johnson, naturellement. Ce n'était pas à lui qu'on avait besoin de dire de qui c'était. Mais que diable avait-elle donc insinué ? Quelle misère ! La vie n'avait été qu'un long sous-entendu. Et elle avait dit en plus qu'on pouvait faire n'importe quoi de quelqu'un si on lui épargnait la peine de réfléchir. Qu'avait-elle voulu dire par là ? Il n'avait jamais, lui, reculé devant la réflexion. Il avait réfléchi avec persévérance toute sa vie. Ce n'était pas trop beau, n'est-ce pas ? Manallace ne le pensait pas, n'est-ce pas ? En revanche, c'était trop moche, non ? de chercher ainsi toujours et partout la petite bête ! Mais qu'avait-elle donc bien voulu dire ? Pourquoi ramenait-elle toujours Manallace, qui n'était qu'un ami... pas un érudit... un amateur... Pardon ?... Manallace pourrait en apporter confirmation s'il était ici, au lieu de baguenauder sur le Continent au moment où on avait le plus besoin de lui.

« Je suis revenu, l'interrompit Manallace, d'une voix chancelante. Je peux confirmer chacun de tes propos. Tu n'as pas à t'en faire. C'est *ta* découverte, *ton* mérite, *ta* gloire et tout le reste.

— Jure-moi alors que tu le lui diras ! dit Castorley. Elle ne croit pas un mot de ce que je dis. Elle m'a dit qu'elle ne m'a jamais cru, même avant notre mariage. Promis ? »

Manallace promit et Castorley ajouta qu'il avait fait de lui son exécuteur littéraire, le produit des ventes du livre devant aller à sa femme.

« Tous les profits sans déduction, dit-il entre deux quintes. Il se vendra bien, si l'on sait s'y prendre. Toi, tu n'as pas besoin d'argent... Et à toi Graydon fera confiance les yeux fermés. Ce serait une longue... »

Il toussa et, au moment de reprendre haleine, sa douleur força le barrage de tous les médicaments : le hurlement emplit la chambre. Manallace se leva pour aller chercher Gleeag, lorsqu'une voix étoffée, aiguë et affectée, qu'on n'avait pas entendue depuis une génération, accompagna, eût-on dit, le vacarme d'une bête au supplice, disant :

« Si seulement quelqu'un arrêtait ce vieux salaud de beugler là-bas ! *Moi*, je n'y arrive pas... J'allais vous dire, les gars, que je pourrais toujours attendre, *moi*, que Graydon m'avance deux livres ! »

Nous nous sauvâmes tous les deux en même temps et trouvâmes Gleeag qui attendait, avec lady Castorley, sur le palier. Il me téléphona le lendemain matin pour m'annoncer que Castorley était mort d'une bronchite, dont il n'avait pu se débarrasser en raison de son état de faiblesse.

« C'est peut-être aussi bien, ajouta-t-il, en réponse aux condoléances que je lui demandai de transmettre à la veuve. Nous aurions pu découvrir quelque chose à quoi nous n'aurions pu faire face. »

La distance qui me séparait de cette maison m'enhardit.

« Vous saviez depuis le début, j'imagine ? Qu'était-ce en réalité ?

— Une affection rénale maligne... généralisée, sur la fin. Inutile de le tracasser. Nous l'avons laissé finir aussi confortablement que possible. Oui ! Le voilà libéré désormais !... Comment ?... Oh ! il sera incinéré. Vendredi, à onze heures. »

Manallace et moi nous revîmes à cette occasion. Il me dit que lady Castorley lui avait demandé s'il était nécessaire à présent de publier le livre ; et il lui avait répondu que c'était plus nécessaire que jamais, dans son intérêt à elle, ainsi que dans celui de Castorley.

« Pour tout le monde elle sera sa veuve... pendant un certain temps, tout au moins. Me suis-je beaucoup parjuré vis-à-vis de lui ?

— Pas explicitement, répondis-je.

— Eh bien, maintenant si... vis-à-vis d'elle... explicitement ! » dit-il.

Et il sortit ses gants noirs.

Lorsque le cercueil, aux mots convenus, franchit latéralement la porte dont les battants se refermèrent sans bruit, je vis les yeux de lady Castorley se tourner vers Gleeag.

Tante Ellen

Un homme avisé, qui, du Nord, descend en direction de Londres à travers nos comtés orientaux, se procure des amis en mesure de lui offrir vivre et couvert.

Je déjeunai près de Grantham, chez miss Gillon, que tout son entourage appelle « tante Ellen ». Elle souhaitait envoyer un édredon à une ancienne domestique de la famille habitant Hammersmith. Je me souvenais, n'est-ce pas ? de Prescott, qui était là dans le temps... Ce serait l'anniversaire de Prescott le lendemain. Le couvre-pieds avait pris du retard, pour cause de réparation. Un homme ne pouvait savoir, naturellement, comme étaient délicats les édredons. Serais-je à Londres le soir ? En ce cas, me serait-il possible de déposer le couvre-pieds dans la matinée à l'adresse de Prescott ? Prescott serait tellement contente ! Et surprise, aussi ; car il y avait quelques petits cadeaux d'anniversaire, de la part de Saunders et de la sienne, enveloppés dans l'édredon.

Saunders, qui avait pris la succession de Prescott, monta à l'étage et revint, la bouche pleine de ficelles nouées, étreignant un cercueil géant, en carton. L'édredon, avec ses motifs criards, fut roulé en forme de traversin, lié en deux endroits au moyen de larges rubans puce et gentiment pressé à l'intérieur. Saunders amarra le tout, que je transportai ensuite dehors et plaçai verticalement à côté de mon volant.

En descendant l'allée, c'est à peine si je pouvais jeter un coup d'œil à gauche et, lorsque je m'engageai sur la route, le machin vint buter dans mon œil. Je le décoinçai et l'attachai à l'arrière de mon biplace. Je fis la plupart des nœuds, il est vrai, sans ôter mes gants, mais, en contrepartie je pris les ris de Saunders, à l'arrière de la voiture, avec autant de soin que le loriot-balançoire tisse son nid.

Puis, poursuivant mon chemin, j'allai dîner en un haut lieu du savoir où je devais passer prendre un ami, Henry Brankes Lettcombe, O.B.E., ancien colonel de la Territoriale, dont la mission en temps de paix consistait à régénérer notre industrie cinématographique nationale. C'était un homme riche en espoirs, et ceux-ci se traduisaient en brochures qui se fanaient sous l'haleine acide de l'argent. Parfois, je rédigeais moi-même ses brochures, parce qu'il me promettait que, le jour où ses galions arriveraient, il produirait *le* film absolu, *La Vie de saint Paul*. Il disait que ce serait simple comme bonjour, une fois qu'il aurait lancé son Association panimpériale des visions vraies.

Il m'avait dit que je le trouverais au collège Saint-Martin, qui se situe dans un quartier plutôt encombré d'une ville universitaire. Je considère toujours mes garde-boue comme des otages du hasard ; malgré tout, même moi, je fus quelque peu dépité des caprices de la circulation. Je parle ici de ces jeunes gens sans chapeau, en pantalon de flanelle et blazer voyant, qui allaient et venaient, et s'arrêtaient sans prévenir, à bord d'automobiles de toutes sortes. Ils étaient aussi sympathiques que peuvent l'être ceux dont le père règle toutes les factures. Il se fit malgré tout que l'un d'eux, un garçon trapu à bord d'une voiture de sport en bois naturel, carrossée en skiff, m'éperonna sur la hanche tribord et déclara que c'était de ma faute.

Son compagnon, mince, immaculé, courtois, eut un sourire désarmant.

« Je ne gourmanderais pas, si j'étais vous, monsieur, dit-il. Il a amorcé la pompe, cet après-midi. »

Je me dégageai et pris la direction de Saint-Martin, où je trouvai Lettcombe lui aussi en train d'« amorcer la pompe ». Il rentrait d'un endroit appelé Hollywood et nous parla d'énergies incomparables et d'inventions dépassant notre imagination, commandées par des *supermen* qui, exempts de préjugés raciaux, pouvaient satisfaire l'« appétence de masse » de toutes les races qui allaient au « cinéma ». Il parla également de « psychoses injonctives » et d'« endyocliniques » — mots qu'il est imprudent de jeter à la face des érudits qui ne vont pas au « cinéma*tographe* ». Ils ripostèrent avec leurs propres abracadabras et exigèrent une définition des siens. Lettcombe, toujours nébuleux, sauf en action, but un peu de madère Saint-Martin pour l'aider à définir, et quand nous partîmes enfin pour Londres, il définissait à merveille.

Tout en conduisant, j'écoutai la création, sur une base améliorée, de l'Association panimpériale des visions vraies. Elle serait à présent, dit-il, gérée en conjonction avec Hollywood. (Il avait abandonné mon projet de vastes studios au sommet d'Helvellyn, avec annexes maritimes sur le Wash et l'Ile sainte[1] !) Je ramenai délicatement la conversation sur le *Saint Paul* en soulignant qu'il serait idiot d'avoir l'apôtre victime d'une insolation au milieu des cactus de Californie qui, par la force des choses, n'avaient pu être découverts moins de quinze cents ans après son martyre. Lettcombe répliqua que l'esprit, et non la lettre, insufflait la vie et proposa de confier à une étoile de l'écran divorcée-au-semestre le rôle de l'Élue.

Je commençais à formuler quelques objections préliminaires, lorsque j'entendis derrière nous un coup bref et net, comme sur un tambour. Lettcombe venait de déballer de son vocabulaire importé l'expression fascinante d'« aperception crypto-psychique ». Je freinai, ayant une conscience cryptique du fait que le cercueil de Saunders avait rompu ses amarres et gisait au milieu du chenal, en même temps que j'avais une aperception psychique de l'odorante beauté de la nuit en ce début d'été et du silence qui accroît la percevance d'un homme lorsque son véhicule ne roule plus. Lettcombe avait tant à dire sur les défauts de tous les ex-maris de la future Élue qu'il continuait à prendre fait et cause pour elle au seul bénéfice du volant abandonné, longtemps après que je fus descendu pour rebrousser chemin, à pied (la marche arrière ne convenant pas au tempérament de ma voiture) afin d'aller repêcher le colis perdu.

La route derrière nous était en ligne droite sur plusieurs centaines de mètres jusqu'à un petit bois, où elle tournait. Elle était totalement vide lorsque je me mis en chemin. D'abord je trouvai le cercueil, vide lui aussi. Mon pied l'expédia dans le fossé qu'il avait presque atteint et j'attendis sur place, cherchant un édredon lié en deux endroits. Un gros phare éclaira le bois. Une petite voiture apparut dans le virage, à fond de train. Il y eut le cri rauque d'un klaxon. Puis un bruit de ferraille en révolte. La voiture fit un bond de marsupial sur sa droite et, en même temps que son phare, disparut. Mais, entre-temps, il me semblait avoir aperçu sur sa trajectoire mon paquet. J'allai voir.

À l'évidence il n'y avait pas de blessé, car une voix calme, du fond de l'obscurité, déclara qu'on avait gagné, bravo ! Une deuxième voix, irritée et bourrue, demanda si l'autre avait vu pourquoi.

« À cause des femmes et du vin ! dit la première voix, d'un ton rêveur. À moins que ce soit ta façon habituelle de passer les vitesses. »

Ils continuèrent leur conversation tels des esprits qui s'étaient rencontrés par hasard en suspens dans l'air.

La voiture, pendant ce temps, piquait du nez et présentait à la route froide l'ébénisterie soignée d'une poupe de canoë. Sous ses roues arrière gisait une masse oblongue, qui me donna un triple coup au cœur tant on eût dit qu'il y avait eu mort d'homme, avant que je comprenne qu'il me faudrait trouver un autre édredon pour Prescott ; et je sentis mon sang bouillir contre ces béjaunes qui grondaient et roucoulaient tous deux près de l'étrave de leur nef racoleuse. Je ne vais rien leur dire : ils n'ont qu'à passer par les mêmes sensations que moi, et tant mieux s'ils croient qu'ils ont tué quelqu'un. Ainsi raisonnai-je en mon âme inférieure ; mais, au niveau supérieur, où la pensée se confond avec l'intuition et la prophétie, mon Démon d'irresponsabilité chantait : « Coucou ! me revoilà ! Attends ! laisse-Moi faire ! Cette nuit sera, elle aussi, l'Une des Nuits Mémorables ! » Et donc je laissai faire et m'en remis, encore une fois, au hasard qui, accepté avec humilité, ne trahit pas le vrai croyant.

Une ombre, vêtue d'un imperméable serré à la taille, qui recouvrait un habit, sortit du fossé, vit ce que j'avais vu, fit « hhhaa ! » et, au bout de quelques instants, posa lentement les mains sur l'horreur qui gisait sous les roues arrière. Cette ombre porta soudain à sa bouche l'une de ses mains et la suça. Je perçus le sifflement d'un soupir de soulagement et vis la silhouette se détendre. Puis l'ombre tirailla, dégagea certaines choses et tira, tira sur... dirons-nous tante Ellen..., jusqu'à ce que celle-ci soit libérée. L'extrémité qui vint en dernier était, si j'ose dire, crevée. L'ombre roula tante Ellen en boule, mit ses deux bras autour et en partie la transvasa, en partie la bourra dans le spider[2] de la voiture, qu'elle referma doucement. J'entendis le gloussement d'un petit rire discret et je ris à mon tour. À pas de velours, l'ombre s'approcha :

« Est-ce à vous ? dit-elle dans un souffle.

— Oui, murmurai-je.

— En avez-vous besoin, monsieur ?

— Je vous le laisse, cher complice », répondis-je.

L'ombre gloussa de nouveau et me tapota l'épaule avec ce qui semblait être un mélange d'approbation et de respect presque filial, voire (vanité sénile ?) de camaraderie. Puis elle se tourna et parla en direction du fossé.

« Phil ! on l'a ratiboisée ! »

La réponse, donnée apparemment à travers une masse d'herbe, fut que « Phil » avait gâté son plastron.

L'ombre lâcha un soupir résigné.

« Peu importe ! Nous le lui annoncerons plus tard, monsieur. »

Et elle tapota de nouveau mon épaule.

Dans le silence qui suivit, j'entendis Lettcombe (que mon absence avait fini par frapper) en train d'explorer la route. Il psalmodiait, exprimant le désir que le ver luisant me prête ses yeux et que les étoiles filantes (qui sont aussi rares que les vers luisants au début de l'été) me servent de chaperons à travers l'étendue des comtés orientaux.

Un camion roulant en direction de Londres apparut dans le virage et demanda à Lettcombe s'il lui fallait toute la route. Lettcombe répondit comme au front en 16. Le camion lui rendit la pareille avec des ajouts tirés du même lexique sanglant, lança un rire agréable et continua son chemin.

« Bon ! dit la voix qui s'appelait Phil ; vas-tu rester planté ici toute la nuit ? Moi, il faut absolument que je...

— Chut ! répondit l'ombre. Je me suis débarrassé d'elle à présent, dieu merci ! Sors du fossé en marche arrière, si tu peux !

— "Que cela vienne à moi ainsi ![3]" chantait Lettcombe. Incroyable ! Avez-vous vu ce camion ? Il a failli me renverser ! Qu'y a-t-il ? Y a-t-il eu un accident ? Je suis à la recherche d'un ami.

— Était-ce une femme ? » demanda l'ombre.

Ils eurent juste le temps de faire un petit saut de côté, avant que la voiture, avec une puissance superflue, recrache sur le goudron sa petite personne malsonnante. Phil, garçon trapu, perdu parmi les leviers, posa des bouts de questions à l'ombre qui, sans se presser le moins du monde, répondit au nom de « Jeannot ».

« Que s'est-il passé ? Que s'est-il *vraiment* passé ? Que disais-tu à propos des femmes ? répéta Phil.

— Je parle rarement des femmes. Même quand elles sont mortes, répondit Jeannot.

— Avez-vous donc vu une morte ? demanda Phil en se retournant contre Lettcombe.

— Rien que ce camion de malheur ! Il a failli me renverser, en plus ! N'avez-vous pas vu ?

— Écoute, Jeannot ! continua Phil, il faut *absolument* que je sois à Cadogan Gardens[4] avant minuit et je... je suis ici et... le phare d'Haman est de traviole. Je suis sûr qu'il s'est passé quelque chose. Mais enfin, *que* s'est-il passé ?

— Et je n'ai pas vu mon ami, non plus, ajouta Lettcombe avec vigueur. Je ne me ferais pas de bile pour lui ; seulement je ne conduis guère. »

Il me décrivit avec la faconde libidineuse qui remplace chez les artistes du trottoir et de l'écran l'amour de la beauté et le respect de l'intelligence.

« Laissez-le tomber ! dit Jeannot. Je vous présente le professeur *regius*[5] de médecine d'... ».

Il nomma l'autre temple du savoir du royaume et, grâce à un élargissement exquis de sa position, m'inclut dans le cercle. Phil n'en fit pas autant.

« Alors que fiche-t-il dans notre coin ? Allez chez vous ! Retournez chez vous, monsieur ! » me dit-il.

Cette apostrophe manquait de respect, mais Jeannot s'excusa très joliment à la place de son ami.

« Il est amoureux, comprenez-vous ? commença-t-il. Cette voiture lui sert à... euh... à venir ainsi[6] à la demoiselle. Cela le rend nerveux et jaloux. Et il a écrasé une vieille dame, même s'il ne s'en rend pas compte. Quand je l'en aurai persuadé, il réagira fort différemment. À propos, monsieur, avez-vous observé de votre côté un quelconque signe de vie après que nous l'avons dégagée ?

— Non. »

Le vrai professeur *regius* de médecine n'aurait pas parlé avec davantage d'autorité.

« Ciel ! Il y a un mort ? haleta Phil. Où donc ?

— Je l'ai glissée dans le camion qui vient de passer... pour qu'elle ait une chance. Elle n'avait pas l'air fraîche, mais peut-être qu'elle est encore vivante. Il faut la rattraper afin de s'en assurer, dit Jeannot.

— On ne peut pas non plus se tromper de camion, ajouta Lettcombe. Celui-ci puait les poules ; il a failli me renverser. Vous avez-vu, n'est-ce pas ?

— Alors on ferait mieux de se mettre en route », proposa Jeannot.

Le fossé n'avait pas arrangé la voiture, mais elle était encore loin d'être méprisable. La roue avant gauche penchait sur sa fusée d'essieu en direction (soyons technique !) du plan de l'écliptique ; le radiateur suait comme Samson à Gaza[7] ; la timonerie ne dansait pas moins que toutes les jonquilles de Wordsworth[8] ; le phare orientable fixait le sol juste dessous comme un trappiste en pénitence ; mais la manivelle défiait toute comparaison, puisqu'elle manquait. La voiture répondit toutefois au démarreur automatique avec des ruades prometteuses. Peut-être avions-nous laissé derrière nous quelques pièces diverses et variées, mais, comme le dit Jeannot, c'était la faute d'Haman qui n'avait pas fourni de lampe électrique. Je crus comprendre que Mr Haman avait rarement le droit d'utiliser sa propre voiture pendant l'année universitaire parce qu'il s'était un jour spontanément déclaré « chic type » et comprenait maintenant sa douleur ; et dès que Lettcombe comprit pourquoi j'avais accepté une chaire *regius* de médecine, ce qu'était la vieille dame et où elle se trouvait, il renonça à une bonne partie de sa haine morbide envers son camion et, pour un homme membre d'une profession sans imagination, il se défendit plutôt bien.

Nos efforts furent passablement perturbés par les tentatives trop zélées de Phil pour découvrir si sa victime était morte ou susceptible d'avoir survécu. Jeannot fut aussi patient avec lui que le meilleur infirmier, même quand il exprima de nouveau l'espoir qu'il serait à Cadogan Gardens « peu après minuit » ; il était alors onze heures quarante-sept, par une nuit sans nuages.

Nous avions tous, sauf Phil, le sentiment de bien nous connaître lorsque la voiture de Mr Haman se trouva remontée et manœuvrable et que, tels les voyageurs d'antan, « nous avisâmes dorénavant de cheminer de compagnie ». La voiture de Mr Haman roulait devant, avec la mienne en renfort, prête à l'éclairer au cas où une panne affecterait le circuit électrique.

En raison de sa roue avant malmenée, qui lui donnait l'allure et la démarche d'un dachshund, elle avait de la barre[9] sur bâbord, comme on dit dans la marine, et, dès qu'on la laissait arriver[10], glissait vers le fossé. Sa vitesse s'en trouvait réduite, mais, d'un autre côté, les occasions de doubler étaient rares — manœuvre où ses infirmités la rendaient plus mortelle que les chars de Boudicca[11].

Ainsi donc, pendant quelque temps, nous avançâmes cahin-caha, le cap sur Londres, au cœur de la nuit aux mille blandices imprévisibles (l'intertitre est de Lettcombe...). Bientôt nous parvint une odeur sortie tout droit de ce bon vieux temps, aujourd'hui défunt, où les chevaux tiraient les charrettes, que les maréchaux ferraient — mais pas à minuit. Lettcombe esquissait l'intrigue du *Rasage du Razbouz* à des fins cinématographiques, lorsque notre chef d'escadron s'arrêta. Et Jeannot, en reniflant, revint à pied jusqu'à nous.

« Vous souviendriez-vous par hasard si elle portait un chapeau à plumes, demanda-t-il, ... ou un boa ? »

Lettcombe et moi avions un souvenir précis de ces deux articles.

« En ce cas, il n'y pas à se frapper. »

Et il lança par-dessus son épaule :

« Oui, Phil ! Elle en portait un ! Regarde s'il est quelque part sur la main de ressort ! »

Phil descendit de voiture et se vautra sur la route, cependant que nous avancions à pied en direction de l'odeur. Il se releva en tenant à la main un lambeau de soie aux motifs criards.

« J'ai trouvé ça ! dit-il d'une voix rauque. Sur le radiateur, tout en bas.

— Un jupon ! dit Jeannot. Arraché ! Oh là là ! Je suis vraiment navré, vieux !

— Ça prouve rien, dit Lettcombe, sinon que vous l'avez peut-être effleurée. Il faut que nous rattrapions ce camion. Peut-être est-elle seulement assommée.

— On peut dire qu'elle chauffe : elle est rouge comme une écrevisse ! » dit Jeannot debout à côté de la voiture qui grésillait.

Il ouvrit le capot et l'odeur s'échappa. Elle était complexe, mais sans la moindre trace d'infériorité.

Je me rappelai alors qu'au moins un quart du corps de « tante Ellen » manquait après la collision. Nous en récupérâmes une grande partie, qui se promenait sous le capot et noircissait. Toutefois, je ne vis pas sur le moment pourquoi il y avait sur l'échappement et sur le moteur des dépôts graisseux, duveteux, pas plus que je n'arrivais à situer l'odeur. On y percevait des relents de matières grasses, d'acide butyrique, d'alcools, d'huiles minérales, de caoutchouc chauffé et de cuir roussi ; le tout sur fond de plumes calcinées, traité de manière sommaire et allégé d'un ou deux soupçons de chair croustillante.

J'entrepris de dresser mentalement la liste des cadeaux d'anniversaire que miss Gillon et cette brave Saunders avaient dû emballer à l'intérieur de « tante Ellen ». Il y avait du beurre et de la brillantine, que je pouvais identifier ; des gants peut-être ; un peigne en corne ou en écaille de tortue, à coup sûr ; l'alcool pouvait avoir commencé le voyage sous forme d'eau de Cologne ; et il y avait des traces de rognon. L'exploration digitale révéla que c'était la brillantine qui avait effectivement bouché quantité de trous du radiateur avec des tampons de duvet huileux. Le ventilateur avait dû aspirer le mélange en l'extrayant du bout d'édredon qui avait adhéré au radiateur, jusqu'à ce que le tout vienne se loger dans les trous : le véhicule de Mr Haman avait alors naturellement suffoqué et le moteur avait viré au violet foncé.

« Il faudrait dégager ces trous pendant qu'elle refroidit, dis-je.

— Votre épingle de cravate est juste ce qu'il nous faut. »

Jeannot se tourna vers Lettcombe qui, membre

de l'espèce ornementale, détacha de sa fausse cravate verte faite sur mesure un camée orné de la tête d'Éros et il le tendit à Phil, qui se mit au travail. Un marchand de bigorneaux ne s'y serait pas mieux pris.

En tant que professeur *regius* de médecine, mon diagnostic sur l'état de Phil était le suivant : le choc dans le fossé, joint aux « amorçages de pompe » antérieurs, l'avait plongé dans une transe éveillée : il réagissait en automate, mais ne souffrait pas vraiment.

« Nous devons maintenant emplir le radiateur », dit Jeannot, tandis que Phil soufflait dans chaque trou qu'il venait de dégager.

Dans l'Angleterre démocratique, si vous faites suffisamment de bruit en public, quelqu'un, lié ou non aux autorités, s'occupera de vos desiderata. Cependant que nos avertisseurs jumeaux développaient ce thème, un homme émergea d'une haie où s'ouvrait une grille et nous dit, d'un ton de reproche, qu'il était resté debout uniquement pour capter Radio-W.E.A.F.[12] dans le silence de minuit. Lettcombe dit que, vu l'actuelle conjonction des astres, il n'y avait aucune chance que cela se produise avant le point du jour. Aussitôt, leur discussion vint se dissoudre dans un babillage de compères en idiotie. Jeannot et moi les laissâmes (l'homme inclina la tête dans notre direction, en disant : « Oh ! pour ça, il n'y a aucun problème ! Demandez à Maman ! ») et nous nous engageâmes dans une allée qui menait à un pavillon neuf, passablement humide, où il y avait une pièce avec un robinet et une cruche. Une vieille dame en kimono sortit d'une autre pièce et tomba aussitôt sous le charme de Jeannot, dont le frac se voyait en partie et qui lui expliqua notre situation en même temps qu'il emplissait la cruche. C'est moi qui la portai jusqu'à la voiture. Lors de mon premier voyage, je passai devant l'homme du pavillon et Lettcombe, qui se chamaillaient encore à la grille à propos de l'alphabet. Lors de mon deuxième voyage, ils étaient rentrés en courant à l'intérieur du pavillon afin de trancher la question de savoir si les amours d'une pension pour chats anarchique ou la note unique d'un sinistre flageolet représentaient tout ce que l'hémisphère occidental pouvait offrir en guise d'élévation. Mais je continuai à servir le radiateur et, avant d'avoir fini, j'avais appris deux ou trois choses sur Phil. Il s'était, me raconta-t-il, consacré à l'aviron, mais cet après-midi-là on l'avait écarté du bateau de son collège en raison d'une foulure ; et depuis, il avait « amorcé la pompe ». Il était, dit-il, fils d'archidiacre et entrerait dans les ordres si on l'y obligeait, mais préférait de beaucoup une vie sans entrave dans l'un de nos dominions. Il avait envie de tuer Mr Haman parce que la voiture de Mr Haman l'avait empêché de parvenir à Cadogan Gardens à temps pour un rendez-vous dont dépendaient beaucoup de choses. En attendant, il était en nage. Quand l'homme et Lettcombe, suivis de la vieille dame en kimono et de Jeannot, sortirent, chacun portant une grande bouteille de Bass*, Phil accepta la sienne avec gratitude. L'homme nous dit qu'il avait travaillé pour une compagnie de caoutchouc de Malaisie à Kalang-Alang (soit à cent trente-trois kilomètres du premier Blanc) et que sa mère avait tenu sa maison pour lui là-bas. Sa mère raconta à Jeannot que, à choisir

* Marque de bière anglaise (N.d.T.).

entre des sangsues et des tigres, elle lui conseillait dans tous les cas de prendre les tigres, parce que les sangsues vous grimpaient aux jambes. Puis, après les adieux qui convenaient, nous reprîmes la route.

Mis à part la roue avant (un accident), la voiture de feu Mr Haman se comporta très bien. Nous nous apprêtions à complimenter Phil de son ouvrage, mais dès qu'il monta à côté de Jeannot, qui prit le volant, il s'endormit.

Grâce à mes nerfs d'acier et à mon refus de laisser les extravagances de la voiture qui me précédait me faire sortir de mon orbite, je parvins jusqu'à la grande banlieue de Londres et me frayai un chemin au milieu de tous ceux qui s'arrêtent boire un café à ces étals en bordure de route, si tranquilles dans la journée.

Seule la rapidité de mes réflexes m'évita d'emboutir Jeannot lorsqu'il s'arrêta sans prévenir à côté d'un camion.

« On l'a trouvée ! cria-t-il. Réveille-toi, Phil, et pose la question que je t'ai dite ! »

J'entendis Phil sortir de son sommeil avec le fracas d'un buffle qui s'arrache à un trou de boue onctueuse et crier :

« Avez-vous une vieille dame dans votre camion ? »

Une voix agréable, bien que peu cultivée, répondit :

« Mont'e-toi, Maria ! Y en a enfin un qui te veut ! »

Et Phil ne fut pas déçu. Seule l'ombre d'un profil, à côté du chauffeur, se montra dans le camion, en sorte que tout était aussi fantomatique que l'Érèbe. La tirade soutint que Phil était plusieurs choses, dont elle dressa la liste, chapitre par chapitre. Elle lui attribua des motivations, et assurément des manières, révoltantes. Et cependant, en vertu d'un art supérieur à toute imitation, elle sous-entendit toutes ses obscénités les plus profondes ; les autres, les superficielles, comme le dit Lettcombe, partaient comme des chargeurs de Maxim entre les tirs de barrage. La hauteur de voix ne varia guère et la température du tout était celle de l'air liquéfié. Dès la première pause, Jeannot, qui est avancé pour son âge en ce qui concerne la compréhension et la pitié, descendit de voiture, s'avança jusqu'au camion et, ôtant son chapeau, demanda respectueusement au chauffeur :

« Êtes-vous son mari, monsieur ?

— Oui, dit fièrement l'agréable voix. Et c'est donc pas souvent que je peux l'entend'e en spectateur, si on peut dire. Continue, Maria ! »

Maria reprit son souffle entre ses dents et continua. Elle dit que Phil passait son temps à en assassiner dans tous les coins, qui valaient mieux que lui. Tel fut le canevas, le fond gris sur lequel elle broda à loisir, au début, comme on le ferait avec des fleurs ; avant de l'illuminer d'un vrai feu d'artifice et, pour finir, de tout déchirer d'un bout à l'autre en poussant des cris d'orfraie : « À l'assassin ! à l'assassin ! »

Toute l'Angleterre parut soulagée par le silence, quand il vint. Resté seul dans la voiture, Phil lâcha (l'intertitre, là encore, est de Lettcombe) un sourd hurlement de loup, se transféra à la place du conducteur et s'enfuit en direction de Londres.

« Mieux vaut ne pas le perdre de vue ! »

Jeannot s'était déjà installé à côté de moi.

« Mieux vaut que ce soit moi qui conduise, monsieur ! »

Et le voici au volant, bousculant mon biplace stupéfait, l'arrachant à tout son respectable passé. Phil, toutefois, prit des risques insensés au milieu des camions qui apportaient des légumes pour que Londres les fasse bouillir et il se maintint en tête.

« Je ne sais vraiment pas ce qu'il a. (Jeannot semblait trouver parfaitement normal de parler et de conduire à toute vitesse.) Il allait bien jusqu'à ce que la femme arrive.

— C'est vrai de la plupart, dit piètrement Lettcombe.

— Peut-être se fait-il du souci à cause de l'accident, hasardai-je.

— Oh ! j'avais oublié ! Je lui en ai parlé pendant cent cinquante ans, mais il semblait ne pas avoir enregistré sur le coup. J'imagine qu'il vient de comprendre et il a du remords.

— En tout cas, ce n'est pas de l'hydrophobie », dit Lettcombe, qui ne perdait pas de vue ce qui se passait devant.

Nous étions parvenus à hauteur de l'une de nos routes de contournement, dont on fait tant de réclame mais qui sont généralement inachevées. Celle-ci contournait ce qui avait été jadis un village où l'on faisait boire les chevaux et où on lavait les diligences dans une « flache » (ou mare) pavée voisine d'une taverne. Phil avait bifurqué vers la mare et en barattait l'eau copieusement.

« Qu'y a-t-il, vieux ? demanda affectueusement Jeannot comme nous nous arrêtions au bord. Refuse-t-elle de nager ?

— Je me débarrasse des preuves, cria Phil. As-tu entendu ce que la femme a dit ? Elle a raison.

Le volant est gorgé de sang. De même que les coussins. »

Il les jeta par-dessus bord et continua son voyage circulaire.

« Je ne pense pas qu'Haman les regrettera plus que le reste, me dit Jeannot. Je me suis coupé la main sur un tesson de bouteille qui se trouvait dans votre édredon, monsieur. C'était du porto, je pense. Les éclaboussures ont dû traverser le plancher. Il y en avait partout... Ohé ! rameur ! regagne la rive ! et nous allons la fouiller comme il faut. »

Mais Phil fit machine arrière. Il dit qu'il lavait le dessous pour le débarrasser de la tête restée sur la main de ressort parce qu'on ne pouvait attendre d'une fille convenable qu'elle accepte ce genre de chose lors d'un bal.

« C'est vraiment curieux, réfléchit Jeannot tout haut. Je pensais qu'il avait oublié cela aussi. Je n'ai parlé que de "chapeau". Il a dû tirer la "tête" de son subconscient. Elle est superbe maintenant, Phil.

— Es-tu sincère ? Crois-tu sincèrement qu'une fille aimerait me voir à bord ? » rugit Phil pour dominer le fracas des eaux qu'il agitait.

Nous déclarâmes tous que oui et il sortit de sa mare dans une grande giclée, dégoulinant mais prêt à accomplir son devoir. Jeannot prit aussitôt le volant et dit qu'ils la montreraient à la demoiselle avant la fin du bal.

« Mais, dit Phil, serait-ce correct vis-à-vis de la femme que j'ai tuée ? Aucune fille convenable ne saurait accepter ce genre de chose, tu sais. Surtout pas Doris.

— Vous pouvez toujours expliquer, suggéra Lettcombe. Rien qu'une explication toute simple, offerte et reçue dans le même esprit. »

Phil y réfléchit, cependant qu'il réarrangeait à pleines poignées le plastron mouillé de sa chemise de soirée.

« Vous avez raison, acquiesça-t-il. Je vais expliquer... Jeannot, fonce chez le père Haman ! Il faut que je le tue.

— Parfaitement, vieux ! » dit Jeannot.

Et il prit la direction de Londres.

Nous les suivîmes de nouveau et pour je ne sais quelle raison absurde Lettcombe se tordait de rire. Mais je vis le zénith commencer à s'adoucir vers l'aube et les épaules floues du monde prendre forme contre la première lumière. C'était l'heure que je connaissais depuis longtemps — celle où mon Démon se déchaînait. Par conséquent, je ne l'insulte jamais par aucune manifestation d'allégresse avant qu'il ait complètement décampé.

(Mais que peut savoir d'aucun Dieu un homme qui va s'instruire à Hollywood ?)

Le souffle de l'aube passa sur l'immense largeur de cette artère de goudron nue avec ses étendues incolores de chaque côté. Une lumière rouge au loin signalait un carrefour. Jeannot laissait le dachshund courir plutôt généreusement en travers de la zone inoccupée et je suppose qu'il m'hypnotisa. Quoi qu'il en soit, les deux voitures semblaient avancer de front au moment où un jeune policier solitaire nous fit signe d'arrêter : il voulait savoir à quoi on jouait exactement.

J'essayai de deviner, cependant qu'il se dévêtait partiellement pour mettre la main sur son calepin, les mots que mon Démon allait mettre dans ma bouche. Ils vinrent — chargés, gigantesques — d'eux-mêmes.

« Robert William Peel[13], disaient-ils, l'Art l'exige. Amen ! »

Il répondit que citer la bible n'avait rien à voir avec le fait d'être un danger public.

J'eus pitié de lui... et le lui dis, pour lui éviter d'aller sans réconfort au destin qui l'attendait, quel qu'il fût ; j'ajoutai simplement que l'autre voiture avait été volée à un Mr Mordecai, premier acolyte d'Old Bailey, et que je la surveillais pour le compte de la Compagnie de recouvrement d'automobiles du Centre. Le rythme convaincant de ces derniers mots le dissuada d'essayer de renifler mon haleine plus longtemps. Phil dit ensuite qu'il avait écrasé une veille dame tout à l'heure sur la route, mais qu'il souhaitait s'expliquer et être pendu avec les égards dus à son rang. Il continua dans le même esprit et la même veine jusqu'à la fin de la conversation ; mais grâce aux instincts sublimes d'un vieux peuple rompu à l'alcool depuis mille ans, le policier s'en tint au plan civil. Pourquoi, oui pourquoi, étions-nous des dangers publics ?

Je répétai le nom choisi de ma compagnie. J'avais pour ordre d'empêcher le vol, non pas le meurtre ; et qu'allait faire le policier ? Jeannot facilita sa tâche en reconnaissant qu'on était faits, mais que, si on lui accordait seulement un quart de chance, il se réformerait. Le policier dit qu'il ne savait pas ; il ne pouvait pas dire, mais il y avait sûrement quelque chose de louche là-dessous.

Alors, naturellement, nous dûmes tous l'aider.

Il souligna qu'il nous avait donné l'ordre d'arrêter. Nous en convînmes. Aurions-nous par conséquent l'obligeance d'attendre sur place, le temps qu'il aille chercher son chef ? En tant que citoyens ayant à cœur de faciliter sa tâche, aurions-nous cette obligeance ? Nous n'avions guère le choix. Il s'en fut. Comme nous avions à cœur de faciliter sa tâche, nous attendîmes sur place. Phil s'assit sur le marchepied de la voiture de Mr Haman, en pleurnichant « Doris ! » de temps en temps. Lettcombe (ça ne colle pas vraiment entre lui et Aurore) se frotta le menton et dit qu'il avait bien besoin de se raser. Jeannot alluma une cigarette et me rejoignit. La nuit n'avait laissé aucune trace sur sa personne : il n'y avait pas l'ombre d'une plume sur ses vêtements, et son jeune visage, aussi insolent que le matin qui s'en approchait vite, ne craignait pas les révélations de la nuit.

« À propos, demandai-je, avez-vous un plan ou une police ou quelque chose de ce genre ?

— Un plan ? dit-il. Alors qu'on est en vie ? Mais pourquoi faire ?

— Je suis navré, dis-je, mais j'aimerais malgré tout connaître le nom de votre père.

— Si vous aviez à me donner un conseil de... euh... d'oncle, me conseilleriez-vous de le dire, monsieur, si vous étiez dans ma situation ? répliqua cet enfant.

— Certainement pas, répondis-je. Je ne l'ai jamais dit moi-même. »

Là-dessus, il me le dit et continua :

« Si des brigadiers ont été de service toute la nuit, ils apprécient une sortie à l'air frais avant d'aller se coucher. Si on les a tirés du lit exprès, ils risquent de se montrer revêches. C'est ce qu'on appelle "le complexe du brigadier". »

Un camion arriva et demanda à Lettcombe si c'était parce que ça ne tournait pas rond là-haut qu'il agitait les bras comme un moulin. Lettcombe dit que le policier l'avait averti, ainsi que ses amis, de ne pas pousser plus loin avant qu'il revienne avec monsieur l'inspecteur régional de la Voirie, pour voir si on pouvait circuler sans danger sur la route. La psychologie de masse chez les véhicules et chez les humains étant largement la même, nous eûmes bientôt accumulé trois camions, qui discutèrent ensemble avec toute la fraîcheur du matin naissant.

Un véhicule se dirigeant vers le nord approcha, fut stoppé et dit que, à sa connaissance, la route n'avait rien d'anormal jusqu'à Londres. Là-dessus, il fallut reprendre la discussion à zéro et puis nous vîmes, au loin, le policier et son brigadier qui avançaient au pas cadencé. Lettcombe, pour les encourager, entonna une chanson ayant pour refrain « Inky-pinky *parlez-vous**[14] », que les premier et troisième camions reprirent parfaitement en mesure. Le deuxième en siffla l'air consciencieusement.

Le brigadier, toutefois, ne s'occupa pas de nous tous à la fois. Les camions voulaient qu'il examine leur cas en priorité. Lettcombe dit que le policier avait dit que la route était dangereuse. Le policier dit qu'il avait dit que la manière dont ces deux voitures étaient conduites sur cette route particulière rendrait dangereuse n'importe quelle route. Dans son esprit, ses observations avaient une portée générale et non pas particulière. Il aurait souhaité s'expliquer davantage, mais les camions dirent qu'ils étaient des pauvres travailleurs. Le mot « pauvre » fit tiquer le brigadier, mais, avant qu'aucune protestation puisse être organisée, une voix venue du deuxième camion dit :

« Hé là ! j'aimerais vous causer, monsieur le

brigadier inspecteur général de police à la noix, si ça vous dérange pas ! »

Le brigadier changea aussitôt de manière et répondit, comme un chef de rayon :

« Oh ! bonjour Mrs Shemahen !

— Tintin le bonjour, ce matin, pour vous ! » lui fut-il répondu.

Et Mrs Shemahen parla, comme elle l'avait fait à Phil il n'y avait pas si longtemps. Son discours cette fois-ci avait une saveur relevée par la connaissance intime qu'elle avait de la personne visée et (tout artiste en est éperonné) ses propos étaient systématiquement repris par son auditoire. (Ils semblaient tous faire bon ménage sur cette portion de route.) Quand elle reprenait son souffle, le policier optimiste criait : « Allez-y, doublez ! Doublez donc ! », mais sans le moindre effet sur les camions envoûtés. Quand le brigadier essaya d'interrompre (il était question d'une union prétendument bigame), ils crièrent tous : « Taisez-vous ! » et quand Mrs Shemahen dit qu'elle en avait soupé du brigadier, ils la bissèrent.

Puis ils reprirent la route et le brigadier, moralement plus nu qu'à la naissance, se retourna vers nous au moment où le policier loyal et zélé commençait à dire :

« Ce matin à deux heures dix ou aux environs de deux heures dix, alors que j'étais de faction...

— Vous auriez mieux fait de pas l'être, l'interrompit le brigadier.

— À propos, dit Jeannot d'un ton de voix qui ne tardera pas à navrer bien des cœurs autour de lui, qui était cette femme qui parlait à l'instant ? Elle nous a sonné les cloches, à nous aussi... et bien plus vigoureusement qu'à vous. Son mari l'a appelée Maria, si je ne m'abuse ?

— Oh ! elle est connue dans le secteur ! » (Le brigadier, séduit, retrouva son aisance et son naturel, comme, un de ces jours, une jeune fille ou deux baisseront la garde devant Jeannot et...) « Elle a un élevage de poulets un peu plus loin par là. Le bruit court qu'elle est folle. Et vous, monsieur, qu'en pensez-vous ?

— Dans notre branche à nous, avec un minimum de formation elle ferait sensation, intervint Lettcombe. Je vous le garantis et je m'y connais. »

Je sursautai ! Mon Démon allait-il allumer le feu de l'inspiration sur les lèvres mal rasées de Lettcombe, au lieu des miennes ? Mais, beau joueur, je compterais jusqu'à dix, et je commençai : « Un... deux... trois... », cependant que le policier réessayait de placer son catéchisme... (« six... sept... ») — après tout, c'était davantage dans les cordes de Lettcombe que dans les miennes, jusqu'à présent. Lettcombe se redressa, prit son souffle et... je vis la fin, qui venait avec le jour.

« Allez la troupe ! » commença-t-il avec ce qui est, je parie, l'obligatoire voix de crécelle d'un producteur d'Hollywood. « On y voit juste assez à présent pour une bande essai. Jimmy, (il indiqua Phil) il faut y mettre beaucoup plus de remords du meurtre dont vous vous êtes rendu coupable ; oui, beaucoup plus que vous ne l'avez fait jusqu'à présent.

— Attends ! l'interrompis-je dans le mince espoir que mon Démon se laisserait fléchir, je vais t'aider.

— Pas question ! répondit Lettcombe. C'est mon *Saint Paul* à moi.

— Ah ! je crois que j'y vois..., commença le brigadier.

— Absolument, brigadier ! »

Et Lettcombe continua sur sa lancée.

« Cela s'appelle *Amours au pays des sangsues*... et c'est la fin, qui se passe en Angleterre. Doug ! » (Là, Lettcombe me jouait un tour de cochon. Je ne ressemble en rien à Mr Fairbanks.) « Tu n'es plus dans le coup ; tu as renoncé à faire chanter Jimmy et tu l'as drogué.

— Ce n'était pas la peine néanmoins de donner tout votre whisky à Jimmy, dit Jeannot d'un air chagrin. Il aurait mis le ton tout aussi bien avec seulement la moitié.

— Justement ! reprit Lettcombe. C'est ce que voulait dire Mr Fairbanks, brigadier, quand il a dit à votre agent qu'il fallait se plier aux exigences de l'Art. Vous trouverez la phrase dans son calepin. Je l'ai vu l'y noter. Et vous, Jimmy, montrez que vous êtes intimement persuadé que c'est Clara que vous avez écrasée avec votre voiture et qu'elle s'était suicidée de chagrin après le meurtre de sa mère par les tigres à Kalang-Alang. Vu ? Allez-y alors, dites-le !

— Kalang-alang-alang-alang, dit Phil, telle une cloche de passage à niveau. Eh dites ! Quand est-ce que je tue Haman ?

— Dans la deuxième bobine, dit Lettcombe d'un ton impératif. Il nous faut refilmer toute la scène de l'accident subi par la voiture. Dans le métier, brigadier, on consomme de la voiture comme on respire ! Et maintenant ! Attention, Charlie ! (Volée de service reprise, cette fois, par Jeannot.) Vous allez montrer au pauvre Jimmy ce qu'il croyait être le cadavre de Clara. Cela vient après l'arrestation de Jimmy. Brigadier, pouvez-vous dire à votre agent de se placer près de Jimmy ? Il lui suffit d'avoir l'air complètement perdu. Paré ? »

Et sur la route pleinement dévoilée passait la brise qui naît au point du jour : un quart ou deux au sud-sud-ouest, une brise qui m'est toujours favorable. Jeannot s'approcha du spider de la voiture de Mr Haman et l'ouvrit.

« Placez-vous près de notre brave policier, Phil ! lança-t-il. Et vous, mon petit, mettez-lui la main sur l'épaule, comme si vous étiez en train d'arrêter Phil ! Restez hors champ, brigadier, et vous pourrez voir exactement comment on s'y prend ! »

En même temps que Lettcombe hissait à hauteur d'œil une valise légère tenant lieu de caméra, Jeannot sortit du spider ce qu'il y avait mis moins de deux heures plus tôt. Et, de même qu'il avait alors tiré « tante Ellen » en arrière pour la dégager, de même à présent la secoua-t-il une fois, deux fois, vingt fois, devant lui, en partant de là où était sa jupe jusque là où avait été sa tête. Des bouts de papier, beurrés ; des tessons de bouteille et de pot de pommade (j'avais dû me tromper au sujet de la brillantine) et des fragments de divers articles d'épicerie sortirent. Mais ce qui sortit surtout et qui semblait ne plus vouloir s'arrêter, ce fut le duvet de l'eider *(Somateria mollissima)*. Telle est l'ingéniosité de l'homme, qui, à partir de quelques mètres carrés de literie, peut susciter des rideaux de fumée planétaires, faits de « changement, d'inquiétude, de surprise »... mais, surtout, de surprise !

Le policier disparut. Quand nous le revîmes — ô merveille ! il était plus vieux qu'Abraham et plus blanc que la femme de Lot. Il souffla copieusement dans sa moustache de Père Noël, mais aucun mot ne vint. Il ôta ensuite ses gants d'Esquimau et se mit à plumer d'une main sans force son ventre d'ours polaire.

Phil s'avança vers nous en titubant comme un pingouin à travers un blizzard. Il était plus blanc encore que le policier, car il n'avait pas eu de chapeau, ses cheveux étaient enduits de gomina et il était mouillé de la tête aux pieds. Jeannot le guida délicatement jusqu'au spider ouvert.

Le brigadier, comme on le lui avait conseillé, était resté hors champ et avait donc pu voir exactement comment on s'y prenait. Il était assis au pied du lampadaire situé au carrefour du grand contournement, les deux bras serrés autour de son étendard. Après lui avoir posé de multiples questions, auxquelles il ne put donner la moindre réponse, parce qu'il était incapable de parler, nous le laissâmes sur place, tandis que le policier s'obstinait à vouloir muer.

* * * * * * * *

Je ne ris jamais au volant, ce qui explique que j'étais aussi proche qu'on peut l'être du trépas quand nous entrâmes derrière le dachshund dans Cadogan Gardens, où les numéros ne se suivent pas dans l'ordre et où nous tournâmes en rond jusqu'à ce que des jeunes gens, qui avaient dansé, sortent de sous une tente à rayures pour se retrouver dans le premier soleil de cette belle matinée. L'une des jeunes filles s'appelait Doris. Phil l'appela, de façon telle que tout Cadogan Gardens fut au courant. Pourtant, il s'écoula un laps de temps substantiel avant qu'elle fasse le lien entre le cri et le plumage de son oiseau mâle.

Touché des fées

La seule association importante qui existe aujourd'hui, c'est la F.P.L. : la Fraternité éclectique *mais* globale pour la perpétuation de la gratitude envers les « petits luminaires »[1]. Les fondateurs en étaient William Lemming, de la société Lemming & Orton, marchands de gravures, Alexander Hay McKnight, de la société Ellis & McKnight, négociants en comestibles, Robert Keede, médecin-chirurgien-accoucheur, diplômé des universités, Lewis Holroyd Burges, marchand de tabac et importateur de cigares (tous relevant des secteurs postaux du Sud-Est), ainsi que le secrétaire général de l'association, homme consciencieux et travailleur, qui n'était toutefois pas apprécié à sa juste valeur. Les réunions se déroulent habituellement chez Mr Lemming, sur la petite propriété du Berkshire où il a un élevage de cochons.

Absent d'Angleterre pendant un certain temps,

j'avais manqué plusieurs dîners, mais pus participer, au cours de l'été, à un repas où nous étions les seuls convives : plusieurs rougets en papillote ; quelques petits pois et canetons ; un assortiment de crêtes de coq aux olives, avec des câpres grosses comme des cerises ; des fraises à la crème ; un château-la-tour 1903 et une boîte de cigares dont seul Burges a la clé.

C'est à l'heure où les hommes poursuivent avec la grâce qu'on leur connaît leurs loisirs favoris et alors que McKnight s'était déjà plaint du chapardage systématique dont pâtissaient ses trois grandes boutiques, que Burges nous raconta l'histoire de Lily[2], illustre astrologue anglais qui avait un jour édifié un horoscope pour découvrir l'emplacement d'un lot de poissons volés. Les étoiles l'avaient conduit droit à la cachette et au voleur et, par la même occasion, à une altercation avec une dame à propos de « sept oignons du Portugal » partis eux aussi dans la nature, mais ne se trouvant pas dans le point de mire. Nous nous étonnâmes alors que les auteurs de romans policiers aient si rarement recours à l'astrologie pour dépanner le Sherlock Holmes du coin ; nous nous étonnâmes aussi du nombre de bâtards que l'illustre Sherlock original avait engendrés dans les magazines et en vînmes ainsi à parler de crime en général. Keede, fort des avantages que lui confère sa profession, illustra le propos.

« J'aimerais pouvoir inventer un bon roman policier, finis-je par dire. Je ne vais jamais plus loin que le cadavre.

— C'est horrible, les cadavres, dit Lemming comme s'il réfléchissait tout haut. Je me demande quel genre de cadavre je ferai.

— Tu ne le sauras jamais, répondit Burges, homme doux aux cheveux argentés. Tu ne sauras même pas que tu es mort avant le moment où tu regarderas dans le miroir et ne verras pas de reflet, comme une vieille dame me l'a dit un jour à la foire aux chevaux de Barnet... et je n'avais sûrement pas plus de sept ans à l'époque. »

Nous gardâmes le silence pendant quelques instants, cependant que l'autel des petits luminaires, qui nous sert aussi à allumer nos cigares, était mis à contribution. Naturellement, l'unique brûleur du haut, qui représente la gratitude envers les petits luminaires en général, était allumé. Chaque fois qu'est présenté et avéré un cas de gratitude due à un petit luminaire nommément désigné, un ou plusieurs des neuf brûleurs disposés en rond à la base de l'autel peuvent être mis en marche : il suffit de tirer leur jolie chaîne d'argent.

« Que ferez-vous pour moi, dit Keede entre ses petites bouffées de cigare, si je vous offre une histoire policière absolument authentique ?

— Si j'arrive à la comprendre, répondis-je, je terminerai le don Millar. »

Cela correspondait au catalogage d'une masse d'opuscules franc-maçonniques (1831-1859) légués par un frère à la loge Foi & Œuvres n° 5836 (C.A.)*[3], tâche que Keede et moi, tous deux membres de la commission bibliothèque, éludions depuis des mois.

« Promettez-moi de ne pas la caviarder si vous vous en servez ! dit Keede.

— Et, de grâce, ne m'y mêle pas plus que le strict nécessaire ! » dit Lemming.

---

* Constitution anglaise (N.d.T.).

Nul médecin ne comprend jamais les méthodes d'un de ses confrères ; mais promesse fut donnée, un marché conclu et voici en substance l'histoire telle qu'on nous la raconta.

Cet automne-là, le porcher de Lemming (l'homme avait passé la nuit en compagnie d'une Berkshire* de santé délicate) découvrit, à l'aube humide d'un dimanche d'octobre, le corps d'une jeune villageoise nommée Ellen Marsh qui gisait sur le talus d'une tranchée profonde, là où la route venant du village rejoint celle de Londres. Apparemment Ellen avait beaucoup d'amis, à qui elle donnait rendez-vous le soir, et le Frêne Channet, comme on appelait le carrefour à cause du grand frêne qui le surplombait, était l'un de ses lieux de rendez-vous bien connus. Le corps gisait face contre terre au sommet du petit chemin pentu qu'avaient tracé sur le talus les pieds des enfants du village et juste à l'endroit où ce petit chemin bifurquait sous le Frêne Channet pour déboucher sur la route de Londres. Le porcher réveilla le policier du village, un ancien soldat nommé Nicol, qui ramassa, près du cadavre, un déplantoir à lame étroite, dont la poignée était gainée de ficelle. Il n'y avait aucune trace de lutte, mais il avait plu toute la nuit. Le porcher alla ensuite réveiller Keede, qui passait ce dimanche chez Lemming. Keede ne dérangea pas son hôte, car Mrs Lemming était alors souffrante, mais lui et le policier réquisitionnèrent une charrette à bras qu'ils trouvèrent dans les boutiques en construction sur la route de Londres, transportèrent le corps jusqu'à l'auberge la plus proche (*La Coupe de raisins*), poussèrent une voiture hors de son box,

* La Berkshire est une race de porcs domestiques (N.d.T.).

ôtèrent l'écriteau du jeu des galets[4] de la salle de la tontine[5] et y déposèrent le corps en attendant l'arrivée du médecin de secteur.

« Il n'était pas chez lui, dit Keede ; aussi ai-je procédé moi-même à un examen. L'hypothèse d'une agression sauvage était exclue. On avait fait tomber Ellen d'un seul petit coup sec, scientifique, administré juste sur l'occiput par un homme qui connaissait l'anatomie. Il n'y avait rien d'autre. Puis Nicol, le policier, m'a demandé de bien vouloir l'accompagner chez Jimmy Tigner.

— Qui était Jimmy Tigner ? demandai-je.

— Le dernier en date des galants d'Ellen — une âme pieuse. Il travaillait comme ouvrier chez l'étameur du village et vivait chez sa mère dans une maisonnette, un peu plus loin dans la rue. Il était alors sept heures du matin et il n'y avait pas un chat dans les parages. Il a fallu réveiller Jimmy. Il a passé la tête par la fenêtre ; Nicol se tenait dans le jardin au milieu des choux — aimable comme une porte de prison — et il a demandé à Jimmy ce qu'il avait fait la veille au soir, parce que quelqu'un s'en était pris à Ellen. Il n'y avait pas d'erreur possible, va ! sur ce que Jimmy avait fait de sa soirée. Il avait ''la gueule de bois'', comme on dit. Il a commencé à s'habiller tout en parlant par la fenêtre et il a dit qu'il tuerait quiconque toucherait à Ellen.

— Le policier ne l'avait-il pas prévenu ? demanda McKnight.

— Pourquoi ? Ils sont tous amis dans ce village. Puis Jimmy a dit que, à s'en tenir aux principes, Ellen méritait ce qu'on avait pu lui faire. Entre eux deux, c'était fini. Il nous a donné quelques détails (une fille avait dû trahir Ellen), mais il en revenait toujours au fait qu'ils s'étaient quittés "en pétard". Il l'a répété une douzaine de fois. Nicol l'a laissé vider son sac et lorsque le garçon a été à peu près habillé, il a dit : "Bon, ce serait aussi bien que tu viennes la voir un peu plus haut dans la rue. Elle ne te veut point de mal à cette heure." (Oh ! je vous dis ! depuis la Guerre on a de la repartie !) Jimmy est descendu, nerveux comme un chat, et au moment où nous avons traversé la cour de la Coupe de raisins, Nicol a ouvert le garage et poussé Jimmy à l'intérieur. On n'avait pas non plus recouvert le visage.

— Draconien ! dit Burges en frissonnant.

— Comme tu dis ! Jimmy a tout de suite piqué une crise et Nicol le tapotait dans le dos en disant : "Ne t'en fais pas ! Je me porte garant que ce n'est pas toi le coupable." Jimmy a voulu savoir alors pourquoi fichtre on l'avait embarqué dans cette histoire. Nicol a dit : "C'est ce que les Français appellent une confrontation. Mais pour toi, il n'y a pas de problème." Alors Jimmy s'est jeté sur Nicol. Nous l'avons donc fait sortir du garage et boire un coup, avant de le raccompagner chez sa mère. Lors de l'enquête, il a toutefois rendu compte de son emploi du temps minute par minute. Il avait quitté Ellen sous le Frêne Channet et, sur un demi-kilomètre, lui avait crié par-dessus l'épaule ce qu'il pensait d'elle (c'est ce qu'ils appelaient être "en pétard"). Heureusement, deux ou trois des filles et des loustics du village les avaient entendus. Après quoi, il était allé à la Coupe de raisins, avait fait le plein et exposé à la cantonade ses griefs contre Ellen jusqu'à l'heure de fermeture. Le plus curieux, c'est que, dans le tas, c'était à peu près le seul gars correct.

— Puis, l'interrompit Lemming, les reporters ont commencé à faire leur enquête. Ils se sont conduits... j'avais jamais imaginé, moi, qu'on puisse se conduire de cette façon. J'avais peur qu'ils nous embarquent à notre tour dans cette histoire. Vous comprenez, cette malheureuse Ellen avait travaillé à l'office chez nous quelques mois plus tôt et... ma femme... malade comme elle l'était... Mais Dieu soit loué ! ce n'est pas sorti au cours de l'enquête.

— Non, continua Keede. Nicol a dirigé les opérations. Il est apparenté à Ellen. Jimmy a eu le temps de s'effondrer et d'éclater en sanglots, les reporters ont eu leur effet sensationnel et le verdict est tombé : "un ou plusieurs inconnus".

— Et le déplantoir ? demanda McKnight, éminent jardinier.

— C'était un indice d'une valeur capitale naturellement, parce qu'il expliquait le *modus operandi*. Le coup — administré avec le manche, d'après le médecin de secteur — avait été donné sur l'épaisseur des cheveux d'Ellen à l'arrière, avec juste ce qu'il fallait de force et pas davantage. Je n'aurais pu procéder moi-même avec une plus grande précision. La police a pris le déplantoir à fougères, mais n'a pu remonter à qui que ce soit. Au village, tout le monde s'accordait sur un point : aucune des personnes qui avaient connu Ellen ne voulait s'étendre sur sa réputation. Elle était plutôt appréciée, vous comprenez... Naturellement, le village a été un peu déçu de voir Jimmy s'en tirer et quand il s'est effondré derechef à l'enterrement d'Ellen, les soupçons ont été ravivés. Puis il y a eu l'histoire de l'empoisonneur Huish dans le Nord, et les reporters ont dû partir au galop pour prendre cette nouvelle affaire en main. Qu'a dit d'eux ton porcher, Will ?

— Griffiths a dit : "C'est un miraque que ces jeunes meussieurs ont pas fait pend'e la mo'tié du village avant qu'ils s'en retournent. C'est qu'ils étaient p'utôt énergiques !"

— On peut dire ! reprit Keede. C'est pour ça que j'ai tu ce que je savais.

— Il fallait aussi prendre en considération ma femme, dit Lemming. Elle n'aurait jamais supporté qu'on la mêle à cette affaire, même de loin.

— J'ai pris la responsabilité d'agir sur la base de ce postulat, répondit gravement Keede. Et maintenant, passons à ma petite contribution personnelle ! J'étais arrivé ici le samedi soir pour passer le dimanche avec Will ; et il m'avait été impossible de venir de bonne heure. Il pleuvait fort et ma voiture dérapait constamment. Au moment où j'ai quitté la route de Londres pour prendre le chemin du village sous le Frêne Channet, mes phares sont passés sur une moto couchée contre le talus où l'on a découvert Ellen ; et j'ai vu un homme penché sur une femme en haut du talus. Naturellement, en principe, on n'intervient pas dans ce genre de situation ; mais l'idée m'est venue qu'il y avait peut-être eu collision. J'ai donc crié : "Avez-vous un problème ? Si je peux vous être utile..." L'homme a dit : "Non merci ! Tout va bien !" ou quelque chose d'approchant et j'ai continué mon chemin. Mais il se trouvait que les lettres de la moto correspondaient à mes propres initiales et son numéro à l'année de ma naissance ! Je ne risquais donc pas de les oublier.

— En as-tu parlé à la police ? demanda McKnight d'un air sévère.

— Je m'en suis immédiatement ouvert à la police, Sandy, répondit Keede. Il y avait un brigadier, dans les environs de Sydenham, qui avait eu la fièvre de Salonique et que j'avais alors traité. Je lui ai dit que je craignais d'avoir effleuré une moto dans le noir à l'entrée de West Wickham, dans l'un de ces virages sans visibilité en haut d'une côte, et j'aimerais m'assurer que je n'avais pas blessé le motard. Dans les vingt-quatre heures j'ai eu ce que je voulais. La moto appartenait à un dénommé Henry Wollin qui vivait de ses rentes et habitait près de Mitcham.

— Mais West Wickham n'est pas dans le Berkshire ! Pas plus que Mitcham ! commença McKnight.

— C'est bizarre, continua Keede sans faire attention ; la plupart des hommes et presque toutes les femmes commettent leurs crimes seuls ; mais personne n'aime se lancer seul dans une chasse à l'homme. C'est une question d'instinct primitif, j'imagine. C'est la raison pour laquelle j'ai poussé Will à jouer avec moi les Sherlock Holmes. Et tu as détesté !

— Je ne m'étais pas encore remis de ces reporters, dit Lemming.

— Ils étaient plutôt énergiques, j'en conviens. Mais j'ai persuadé Will que nous irions voir Mr Wollin pour nous excuser — en tant qu'automobilistes repentants. Nous voici donc partis pour Mitcham dans mon biplace. Wollin avait là-bas un très joli petit pavillon. La vieille dame (sa gouvernante) qui nous a ouvert la porte venait de l'Ouest, avec un accent à couper au... fil à beurre*. Elle nous fit

* Plusieurs comtés de l'ouest de l'Angleterre sont réputés pour l'excellence de leurs produits laitiers (N.d.T.).

traverser le vestibule jusqu'au jardin, à l'arrière, où Wollin était en train de planter des choses.

— Une merveille de jardinet, compte tenu de la qualité du sol », dit Lemming qui se juge meilleur jardinier encore que McKnight, bien qu'il emploie deux ouvriers de moins.

« C'était un solide gaillard, noiraud, entre deux âges ; il avait les yeux écartés, on aurait dit un taureau. Ce n'était pas une beauté et manifestement il avait été gravement malade. Will et moi, nous nous sommes excusés et il a commencé tout de suite à nous raconter des salades. Il a dit qu'il se trouvait à West Wickham à ce moment-là (le soir du crime, vous savez) et il se rappelait avoir esquivé une voiture. Il n'avait pas l'air heureux que nous ayons relevé son numéro aussi rapidement. Vu que nous l'aidions à établir un alibi, il aurait dû l'être, non ?

— Tu veux dire, dit McKnight, qui venait de comprendre, qu'il commettait le meurtre ici dans le Berkshire la nuit où il était, selon ses dires, à West Wickham, qui se situe dans le Kent.

— Qui se situe dans le Kent. Merci. C'est exact. Et nous avons continué à parler de cette côte de West Wickham, jusqu'à temps qu'il mentionne qu'il avait fait la Guerre, et ç'a été à mon tour de parler. Il adorait aussi jardiner, a-t-il dit, ce qui a permis à Will de se mêler à la conversation. Nous avons été frappés tous les deux par sa nervosité, un besoin de flatter qui ne correspondait nullement à sa carrure ni à sa voix. Ensuite, nous avons pris un verre dans son bureau. Et c'est là que ça s'est corsé. Il y avait quatre images accrochées au mur.

— Quatre gravures.... des gravures, corrigea Lemming en professionnel.

— C'est la même chose, non, Will ? Quoi qu'il

en soit, elles t'ont passablement excité, toi. Au début, je croyais que Will faisait seulement semblant. Mais non, c'était authentique !

— Elles aussi ! dit Lemming. Sandy, te rappelles-tu les quatre "apôtres" que je t'ai vendus à Noël ?

— J'ai encore mon talon de chèque, lui fut-il répondu sèchement.

— Quel genre de gravures était-ce ? » demanda Burges.

Un air d'extase fervente illumina la face de lune d'Alexander McKnight, qui collectionne les gravures d'un type particulier. Il se mit à compter sur ses doigts :

« La première, dit-il, était celle de Ray, en toge — Ray ! le plus glorieux de tous ! Ensuite, la gravure française de Morrison, quand il était avec le duc d'Orléans à Blois. La troisième, celle de Leyde, qui montre Grew jeune homme. Et la quatrième, celle d'Oxford, avec une guirlande, représentant Hales. Toute la sainte série apostolique !

— Je ne savais pas que Morrison traçait des terrains de golf en France, dis-je.

— Morrison ? Des terrains de golf ? Croyais-tu par hasard que ces quatre-là étaient golfeurs ?

— Tom Morrison n'était-il pas un champion de golf ? » hasardai-je.

McKnight m'accabla d'un parfait mépris.

« Ces gravures... commença-t-il, ... mais tu ne comprendrais pas. C'étaient... disons que c'étaient simplement des gravures représentant certains jardiniers auxquels il se trouve que je m'intéresse. »

Ce n'était pas poli de la part de McKnight, mais je lui pardonnai au nom de l'excellence de ses produits d'importation. Keede reprit :

« Quand Will a eu terminé son boniment d'acheteur, Wollin a semblé disposé à se séparer de ses gravures et nous sommes convenus de revenir le voir pour l'achat définitif. Will, lui, évidemment, ferait des affaires avec un criminel ayant la corde au cou ! Il a remis sa carte à Wollin et nous avons pris congé. Wollin nous a fait de la lèche et passé la pommade jusque sur le pas de la porte. Nous n'avions pas fait trois kilomètres lorsque Will s'est aperçu qu'il avait remis à Wollin sa carte personnelle, au lieu de la professionnelle, avec son adresse dans le Berkshire ! Alors que le crime avait dix jours et que les journaux ne parlaient encore que de ça ! Je crois t'avoir déclaré à cet instant-là, Will, que tu étais un crétin.

— C'est exact. Encore aujourd'hui, je ne m'explique pas mon erreur. Si encore mes cartes étaient toutes de la même taille ! dit le pauvre Lemming.

— Non, notre chasse à l'homme n'a pas été une réussite ! s'esclaffa Keede. Mais Will et moi nous avons dû retourner voir Wollin, naturellement, pour la vente. Ce fut une semaine plus tard. Et cette fois-ci, naturellement, Wollin (qui n'était pas aussi crétin que Will) avait déguerpi sans laisser d'adresse. La vieille dame a dit qu'il disparaissait pendant des semaines d'affilée. On s'est retrouvés bêtes. Mais je dois dire, pour être juste avec Will (ce qui ne m'arrive pas souvent), qu'il a sauvé la situation avec sa maudite bosse du commerce. Il a dit qu'il voulait jeter un autre coup d'œil aux gravures. La vieille dame était aimable, je dirais même avenante. Elle nous a fait entrer dans le bureau, a décroché les gravures et nous a offert le thé. Pendant qu'elle le préparait et que Will s'éternisait sur les gravures, mes yeux ont fait le tour de la pièce. Il y avait un placard, entrouvert, plein d'outils, et, posé sur le tas, un... comment as-tu dit que ça s'appelait déjà, Will ?... un déplantoir neuf. Du même modèle que celui trouvé par Nicol près de la tête d'Ellen. Mon cœur a fait un bond. Je n'avais jamais fait le Sherlock en dehors de mon propre métier. Puis la vieille dame est revenue et je lui ai fait du plat. Du temps où j'étais médecin des pauvres à Lambeth, la moitié de mon vaste succès...

— Tu peux remettre le reste à plus tard, observa McKnight. Ce qui m'intéresse moi, c'est le crime.

— Attends donc ton prochain accès de goutte, Sandy, et on verra si tu ne me trouves pas intéressant ! Bref, elle est devenue expansive (avec moi, elles finissent toutes par l'être) et, comme tous les patients, elle voulait des conseils gratuits. Je lui en ai donc donné. Alors elle s'est mise à parler de Wollin. Elle avait été son infirmière, je pense. Quoi qu'il en soit, elle l'avait connu toute sa vie et elle a dit qu'il avait autant de vertus que de misères. Elle a dit qu'il avait été blessé, gazé et gangrené à la Guerre, et depuis lors (oh ! elle y est venue peu à peu splendidement !) il était pratiquement toqué, "touché des fées", comme elle a dit.

— C'est joli... très joli, dit Burges.

— Voulait-elle dire qu'il avait été victime d'un sortilège de fée ? demanda McKnight.

— Apparemment, Sandy. Je n'avais jamais entendu cette expression auparavant. C'est du patois de l'Ouest, j'imagine. Et elle avait l'une de ces voix lentes, hypnotiques, comme de la crème coulant d'un pot. Tout ce qu'elle a dit cadrait avec mes propres hypothèses jusqu'alors. Pour Wollin, c'était comme un break dans le match de la vie et, compte tenu des blessures, du gaz et de la gangrène juste à ce moment critique, ma foi, n'importe quoi — Jack l'Éventreurisme ou délire mystique — pouvait prévaloir. Je le savais, et si la vieille dame ne me l'a pas répété pratiquement de A à Z et n'a pas pris par avance la défense de Wollin, c'est tout comme. Elle était merveilleuse. Les proches de nos malades sont effectivement comme ça parfois — surtout les épouses.

— D'accord, mais Wollin dans l'histoire ? dis-je.

— Attends un peu ! Will et moi nous sommes partis et nous avons discuté du déplantoir à fougères, etc., et nous sommes convenus que nous devrions rendre public ce que nous savions. Mais là, on a calé. La chasse à l'homme, ce n'est pas joli. Aussi avons-nous abouti à un compromis. Je connaissais quelqu'un de la P.J. qui se croyait atteint de néphroptôse et nous avons décidé de lui exposer le cas et de le laisser prendre les rênes. Il fallait toutefois qu'il se rende dans le nord de l'Angleterre et il a écrit qu'il ne pouvait pas nous voir avant le mardi suivant — soit quatre ou cinq semaines après le crime. Entre-temps, je suis revenu ici pour passer le dimanche avec Will, et le samedi soir Will et moi nous sommes allés dans son bureau mettre la dernière main à nos témoignages. J'essayais d'y mêler ma propre théorie le moins possible. Oui, si vous voulez savoir, c'est à Jack l'Éventreur que je pensais et ma théorie était que ma voiture avait fait fuir le monstre avant qu'il ait pu sévir. Et soudain, voilà que la bonne de Will se précipite dans le bureau, suivie de Nicol, lui-même suivi de Jimmy Tigner !

— Heureusement que ma femme était encore à

Londres à ce moment-là ! dit Lemming. Et en plus ils criaient tous en même temps !

— C'est exact, dit Keede. Mais c'est Nicol qui criait le plus fort. Tout aspergé de boue, il agitait ce qui restait de son casque et Jimmy était hystérique. Nicol hurlait : "Regardez-moi ! Regardez ça ! Ça y est ! Regardez-moi ! J'ai tout pigé !" Et c'était parfaitement vrai : il avait bel et bien tout pigé ! Il est apparu, une fois qu'ils se sont calmés, qu'il s'était trouvé à marcher, en compagnie de Jimmy, sur la petite route qui longe le Frêne Channet. Entendant un camion derrière eux (vous savez comme cette route est étroite), ils ont grimpé sur le petit chemin (je vous en ai parlé) tracé par les écoliers sur le talus. C'était un camion d'entrepreneur — Higbee & Norton, une firme du secteur — qui transportait deux poutrelles métalliques destinées aux boutiques neuves sur la route de Londres. Ils livraient tard le samedi soir afin que les ouvriers puissent démarrer le lundi. Les poutrelles avaient été flanquées n'importe comment sur un camion de briques fermé par une planche ; au lieu d'être inclinées de haut en bas, elles rebiquaient à l'arrière comme une queue de faisan et dépassaient du camion, le bout en l'air. Elles étaient liées ensemble par quelques tours de corde à chaque extrémité. Et maintenant saisissez-vous ? »

Nous ne saisissions toujours pas. Keede expliqua.

« Nicol a dit qu'il avait escaladé le talus le premier, suivi de Jimmy, et, au bout de quelques pas, il avait reçu un coup qui avait fait voler son casque. S'il s'était trouvé trente centimètres plus haut sur le talus, il aurait été décapité. Le camion avait dérapé sur l'asphalte de la route de Londres, alors qu'il s'y engageait à gauche : l'arrière avait chassé à droite, et les poutrelles avec, et Nicol, en haut du talus, avait failli se faire assommer. Lorsque Nicol avait repris son souffle, le camion se trouvait aux trois quarts dans le caniveau du côté gauche. Nicol s'était rué sur le chauffeur. L'homme avait dit que tous les camions dérapaient toujours sous le Frêne Channet, par temps de pluie, à cause de la chaussée bombée et, pour tous les chauffeurs, ce genre d'acrobaties faisaient partie intégrante du parcours. Et il avait envoyé au diable la voirie, ainsi que Nicol pour s'être trouvé devant ses phares. Alors, nous a dit Nicol, Jimmy Tigner avait tout compris et il avait grimpé dans le camion en hurlant : « C'est vous qui avez tué Ellen ! » Nicol avait eu tout le mal du monde à empêcher Jimmy d'étouffer le gars sur-le-champ ; mais Nicol n'avait pas détaché Jimmy avant que celui-ci eût tiré du chauffeur qu'il avait livré des poutrelles le soir où Ellen avait été tuée. Naturellement, le chauffeur n'avait rien remarqué.

» Nicol était alors venu nous voir, Lemming et moi, pour en discuter. J'ai donné du bromure à Jimmy et l'ai renvoyé chez sa mère : il n'était pas utile à grand-chose, en dehors de son témoignage — et après le bromure, il n'était plus bon à rien. Ensuite, Nicol a répété plusieurs fois toute son histoire pour qu'on l'ait bien en tête. Le lendemain matin, Will et moi nous sommes allés chez le père Higbee avant qu'il puisse se rendre à l'église. Nous lui avons fait sortir le camion incriminé, conduit par le même chauffeur et chargé à l'identique, afin qu'il nous fasse une démonstration. Nous avons obligé le camion à faire ses acrobaties pendant toute une moitié de ce dimanche matin, sous la pluie, et le dérapage l'a envoyé atterrir dans le caniveau sur le côté gauche de la route de Londres chaque fois qu'il a pris le virage et, systématiquement, à chaque fois aussi, l'arrière du véhicule avec les poutrelles est venu balayer de plein fouet le talus de la petite route comme on tope une balle de golf. Et quand le camion faisait ça, il y avait une demi-douzaine d'enjambées, pas plus, sur le petit chemin des écoliers, qui correspondaient à une mort certaine pour quiconque s'y trouvait à cet instant. Nicol venait juste d'entrer dans la zone dangereuse quand il s'était mis à escalader le talus, mais il avait été trente centimètres trop bas : les poutrelles n'avaient fait que lui passer dans les cheveux. Nous nous sommes procuré des échalas, que nous avons plantés le long du petit chemin (Jimmy Tigner nous avait dit qu'Ellen mesurait un mètre soixante) afin de vérifier notre théorie. Le dernier échalas était le plus près possible de l'endroit où le porcher avait découvert le corps ; et ce point s'est avéré correspondre aux tout derniers centimètres du dérapage du camion. Avez-vous saisi ce qui s'était passé ? Nous, oui. En fin de dérapage, les roues arrière du camion venaient buter durement à chaque fois contre le talus, et les poutrelles vibraient et fouettaient sur quelques centimètres, comme une crosse de golf qui tremble. Ce petit coup de fouet transversal avait dû atteindre Ellen, sur l'occiput, juste assez pour la faire tomber comme un bœuf qu'on assomme. Tout s'est éclairci avec le dernier échalas. Les tours de corde à l'extrémité des maudites poutrelles ont prévenu toute lésion de l'épiderme. C'est abominable, non ? Et Jimmy Tigner a compris alors qu'il aurait suffi à Ellen d'être deux pas plus loin pour avoir dépassé la courbe du talus et se trouver hors de danger. Puis il est revenu au garçon qu'elle s'était arrêtée de parler "en pétard" plutôt abruptement et il n'avait pas rebroussé chemin pour voir ! Je suis resté assis avec lui presque tout l'après-midi. Il avait été mis à trop rude épreuve, oui, à trop rude épreuve. J'ai dû signer son internement quelques semaines plus tard. Non ! ça ne s'arrangera pas. »

Chacun de nous fit un commentaire, en fonction de son tempérament, puis McKnight demanda :

« Mais... dans ce cas... pourquoi Wollin a-t-il disparu ?

— J'allais y venir, Vénérable[6] ! Notre frère Lemming n'a absolument *rien* des instincts du véritable chasseur d'hommes. Il se montrait timide. J'ai dû lui rappeler l'existence des gravures avant qu'il accepte de retourner voir Wollin. Nous avions laissé dix jours à notre proie pour qu'elle apprenne la nouvelle, cependant que les journaux s'employaient à expliquer la mort d'Ellen et que les gens leur écrivaient pour dire qu'ils avaient failli se faire tuer ailleurs par des camions, de la même façon. Puis le père Higbee a versé deux cents livres à la famille d'Ellen, sans préjudice de ses droits (ce pharisien convoitait une meilleure place à la synagogue : le banc du châtelain, je suppose !) et tout le monde a estimé que la réputation d'Ellen avait été lavée de tout soupçon.

— Mais Wollin ? insista McKnight.

— Lorsque Will et moi sommes retournés le voir, il était revenu chez lui. Je ne l'avais pas vu depuis... voyons, notre affaire avait duré un bon mois, je pense... mais c'est à peine si je l'ai reconnu. Il était ravagé : toutes ses rides s'étaient creusées en entailles et ses yeux se réaccommodaient après leur vision de l'enfer. À l'époque qui est la nôtre, on finit par connaître ce genre de regard fou. Mais il était immensément soulagé de nous voir. La vieille dame aussi. Si Wollin avait été un chien, il aurait frétillé de la queue du bout du nez jusque... Et c'était plutôt embarrassant parce que ce n'était pas de notre faute s'il avait échappé à la potence ! Et tandis que nous discutions des gravures, il a dit, de but en blanc : « Je vous comprends parfaitement ! Je l'aurais cru moi-même, malgré moi, au vu des indices ! » Voilà qui a joliment dégelé l'atmosphère ! Alors il nous a raconté qu'il avait failli marcher sur le corps d'Ellen ce soir-là — mort et déjà presque roide. Puis j'étais apparu dans le virage et l'avais interpellé, ce qui l'avait paniqué. Il avait sauté sur sa moto et pris la fuite, oubliant le déplantoir. Il en avait donc acheté un autre, en se disant stupidement qu'il pourrait brouiller les pistes. C'est comme ça que les assassins se font pendre.

» Quand Will et moi étions venus le voir la première fois, avec nos contes de fées sur West Wickham, il s'était dit qu'il se pourrait qu'il soit sous surveillance, et quand Will s'était mélangé les pédales dans ses cartes, il s'était dit : "Ça y est !" Du coup, il avait disparu. Il était descendu dans sa cave, a-t-il dit, où il avait attendu, avec son revolver, prêt à se brûler la cervelle quand serait arrivé le mandat d'arrêt. Quel mois ! Imaginez un peu ! Une cave et une bougie, une pile de textes sur le jardinage et un revolver chargé pour compagnie ! Je lui ai demandé pourquoi... Aucun jury au monde, a-t-il dit, n'aurait ajouté foi à ses explications quant à ses déplacements. "Considérez la chose du point de vue de l'accusation ! a-t-il dit. Voici un homme entre deux âges, avec des antécédents médicaux de nature à expliquer toute perte de contrôle (autrement dit, ce serait Broadmoor*), à quatre-vingts ou cent kilomètres de chez lui, sous un déluge, au sommet d'une tranchée de quatre ou cinq mètres, en pleine nuit. Il abandonne sur place, avec le cadavre de la jeune fille, le type même d'arme ayant pu causer la mort de celle-ci. Ce sont les journaux qui m'ont appris que j'avais laissé le déplantoir sur place. Ne voyez-vous pas de quelle façon on aurait pu présenter les choses ?'' a-t-il dit.

» Je lui ai alors demandé ce que diable il avait bien pu fabriquer ce soir-là pour qu'il ait eu besoin de dissimuler ses actes derrière un suicide. ''Je 'planquais' des trucs'', a-t-il dit. Je lui ai demandé s'il s'agissait de marchandises volées. Après le tracas que nous lui avions causé, Will et moi ne l'aurions pas dénoncé pour ça, n'est-ce pas, Will ?

— Non, dit Lemming. Il suffisait de voir sa tête : on aurait dit... »

Et Will cita le tableau d'un artiste nommé Goya.

« ''Je n'ai pas dit 'planquer' mais 'planter' ! me corrigea Wollin. Si vous tenez absolument à savoir, j'étais en train de transplanter des plantes de mon jardin.'' Et que lui as-tu dit à ce moment-là, Will ?

— Naturellement, je lui ai demandé de quelles plantes il s'agissait », dit Lemming.

Puis il se tourna du côté de McKnight :

« C'étaient des jonquilles, une variété de chèvrefeuille rouge et une salicaire spéciale — un hybride. »

Durant les quelques minutes au cours desquelles

---

* Principal pénitencier psychiatrique de Grande-Bretagne, situé dans l'ouest du pays de Galles (N.d.T.).

Lemming parla horticulture, McKnight hocha la tête d'un air très docte (on n'y comprenait rien).

« Vous savez, moi, le jardinage... intervint Keede. Mais les questions de Will ont fait sur Mr Wollin l'effet d'un sortilège. Il a arrêté de parler de suicide et s'est mis à parler de jardinage. Puis Will a pris le relais avec son opération. Pendant dix minutes, pas moyen d'en placer une ! Puis j'ai dit : "Il n'y a vraiment pas de quoi en faire des tartines !" Wollin s'est alors retourné et m'a parlé en jouant les flatteurs — comme le font mes malades. Il a commencé par ses antécédents médicaux : il avait eu droit une fois au shrapnel, une fois au gaz — avec gangrène ; au total, il avait passé quatorze mois dans divers hôpitaux. Et il reprenait notre jargon ! Exactement comme *toi*, Sandy, quand tu reviens de chez tes fichus spécialistes. On l'avait drogué contre la douleur et la tension nerveuse, au point que c'était un prodige qu'il ait pu revenir à la normale. Il nous a dit que la seule chose qui lui avait permis de traverser la Guerre, ç'avait été sa passion du jardinage. Il en était fou depuis toujours — et même au pire de la Somme il tirait réconfort des plantes, de la botanique, etc. Ce n'était pas mon cas. Bref, j'ai vu qu'il disait la vérité. Mais aussitôt après il a commencé à tourner autour du pot. Je m'en suis rendu compte, j'ai dit quelque chose et il s'est mis à suer sang et eau. Il avait parlé froidement de son projet de suicide, mais maintenant il suait au point d'avoir à s'éponger le front.

» Puis je lui ai dit que je n'étais pas seulement médecin, mais autre chose encore, et Will aussi, si cela pouvait lui faciliter la tâche. Ce qui a été le cas. À partir de là, il a raconté son histoire « selon l'équerre »*, au supplice, vous savez. À son dernier hôpital, on l'avait drogué à outrance et il pensait que c'était là qu'il avait perdu la tête. Il m'a dit qu'il était dément, depuis plus d'un an. Je lui ai demandé de ne pas se lancer dans ses théories avant d'en avoir fini avec ses symptômes (vous autres, les patients, vous êtes tous pareils). Il a dit qu'il y avait des raids de gothas[7] autour de son hôpital, qui détraquaient les malades. Et il y avait une Volontaire des secours aux blessés (et quelle femme ça devait être !) qui lui faisait la lecture et lui racontait des histoires pour l'empêcher de s'exciter. Il aimait bien parce que, pour autant qu'il se rappelait, ce n'était rien que des histoires de jardinage. *Mais*, quand il était allé mieux, il avait commencé à entendre des Voix — des petits murmures au début, devenant de plus en plus forts et finissant carrément en vacarme — qui lui donnaient certains commandements. Il avait tremblé d'épouvante sur son lit, parce qu'il avait la trouille de devenir fou. Il avait envie de vivre et d'être de nouveau heureux, dans son jardin — comme vous et moi.

» Il était sorti de l'hôpital, a-t-il dit, avec un corps d'armée entier à lui crier dans les oreilles. En gros, on lui ordonnait d'aller planter des tas de choses à droite et à gauche, aux quatre coins du pays. Naturellement, il avait un peu souffert, mais, au bout d'un certain temps, il était retourné chez lui à Mitcham et avait obéi aux ordres, parce que, tant qu'il les exécutait, a-t-il dit, les voix cessaient. S'il s'arrêtait ne serait-ce qu'une semaine, a-t-il dit,

---

* C'est-à-dire en appliquant le code de rectitude morale des francs-maçons, symbolisé par l'équerre (N.d.T.).

c'était l'enfer jusqu'à ce qu'il recommence. Étant un type méthodique, il s'était acheté une moto et un panier doublé de toile cirée et il effectuait des sorties pour aller planter ses trucs idiots au bord des routes, dans les taillis et sur les prés communaux. Il repérait pendant la journée les endroits possibles et s'en occupait à la nuit tombée. Il s'était trouvé à travailler aux alentours du Frêne Channet cette nuit-là : il avait quitté la prairie et descendu le petit chemin des écoliers, pour tomber droit sur le cadavre d'Ellen. Cela l'avait détraqué. Comme mon souci, pour le moment, ce n'était pas Ellen, j'ai ramené Wollin à ses symptômes. Le pire, c'était que si on l'avait laissé tranquille, rien ne lui aurait plu davantage que de planter ainsi. Mais ces commandements que lui donnaient les voix lui flanquaient une trouille carabinée. Je lui ai demandé alors si les voix l'avaient beaucoup importuné pendant qu'il était dans la cave avec son revolver. "Ma foi, non !" m'a-t-il dit. Je lui ai rappelé que le mal de mer était rare à bord des bateaux quand il y avait des sous-marins dans les parages.

— Tu as oublié de dire, intervint Lemming, qu'il a cessé de nous passer de la pommade dès l'instant où il a appris que nous étions Frères[8].

— C'est exact, acquiesça Keede. Et en plus il tenait absolument à nous garder à dîner afin de pouvoir nous décrire correctement ses symptômes. (Là encore, je croyais t'entendre, Sandy.) La vieille dame a abondé dans son sens. Elle s'accrochait à nous, elle aussi, comme si nous lui avions rendu service. Et Wollin nous a dit que s'il avait été devant le juge, il savait qu'il aurait débité son histoire de voix et de plantation nocturne, exactement comme le Vieux Marin[9], et il aurait fini à

Broadmoor. C'est Broadmoor, et non la corde, qui lui fichait la trouille. Et il a continué ainsi pendant des heures à nous parler de ses voix, et moi je l'interrogeais. Il a dit qu'elles commençaient par des bruits dans sa tête comme des noix pourries qu'on écrase ; mais il pensait que cela devait provenir des bombes pendant le raid. Je lui ai rappelé que je n'avais pas besoin de ses théories. Les voix ressemblaient parfois à celle de sa V.S.B., mais en plus fort, et elles se trouvaient mêlées à d'horribles rêves de drogué. Par exemple, a-t-il dit, il y avait un chien souriant qui courait pour le rattraper et lui léchait la figure, et le chien avait un rapport avec le fait de pouvoir lire des livres de jardinage. Couché sur son lit d'hôpital, il s'était alors dit qu'il devait être hydrocéphale et que cela l'empêcherait d'herboriser et d'obéir aux ordres.

— Il a utilisé le mot ''herboriser'', qui ne s'emploie plus guère de nos jours, dit soudain Lemming. Cela m'a mis la puce à l'oreille, Sandy. »

Keede leva la main.

« Non, Will ! Je raconte cette histoire bien mieux que toi. Là, Will l'a donc interrompu et il a demandé à Wollin s'il pouvait se rappeler exactement le genre de littérature que sa V.S.B. lui avait lue pendant les raids. Non, Wollin ne se rappelait pas ; sauf qu'il était question de jardinage et que cela lui donnait l'impression d'être au paradis. Oui, Sandy, il a utilisé le mot ''paradis'' ! Will lui a alors demandé s'il pouvait nous donner la formulation exacte des ordres lui enjoignant de planter. Non, il ne se rappelait pas non plus. Will a dit alors, comme un avocat : ''N'est-il pas vrai que les voix vous ont ordonné de planter au bord des routes *pour ceux qui n'ont pas de jardin* ?'' Et Will l'a répété deux fois, lentement. "Ah çà ! a dit Wollin, ce sont les *ipsissima verba** !" "Bien ! a dit Will ; et maintenant venons-en à votre chien. N'est-il pas vrai que ce chien souriant était en réalité un ami secret ? De quelle couleur était-il ?" "J'en sais rien", a dit Wollin. "Il était jaune, a dit Will ; un gros bull-terrier jaune." Wollin a réfléchi quelques instants, avant de confirmer. "Quand il a couru pour vous rattraper, a dit Will, avez-vous jamais entendu quelqu'un essayer de le rappeler, très fort ?" "Parfois", a dit Wollin. "Encore mieux ! a dit Will ; et maintenant n'est-il pas vrai que ce bull-terrier jaune est entré dans une bibliothèque en compagnie d'un jardinier écossais qui a dit que c'était un grand privilège de pouvoir consulter des ouvrages de botanique ?" Wollin a réféchi quelques instants et a dit que ces mots correspondaient exactement à certains de ceux qui se mêlaient aux voix et au fait de ne pas pouvoir lire. Je n'oublierai pas non plus la tête qu'il a faite pendant qu'il le disait ! J'aime autant vous dire qu'il suait ! »

Sandy McKnight, attablé en face de Lemming, lui fit alors un sourire et un signe de tête, et Lemming lui répondit par un signe de tête, aussi mystérieusement qu'un franc-maçon ou un jardinier.

« Je n'avais jamais vu Will, en dehors de sa boutique, continua Keede, faire autant l'important que durant cette conversation et il a dit à Wollin : "Maintenant je vais vous répéter l'histoire, Mr Wollin, que votre V.S.B. vous a lue ou vous a racontée. Arrêtez-moi quand je me trompe et je me

---

* En latin : « ces mots-là mêmes » (N.d.T.).

rafraîchirai la mémoire !'' C'est ce que tu as dit, Will, n'est-ce pas ? Et Will s'est mis à lui raconter longuement un conte de nourrice où il y avait des enfants qui plantaient des fleurs dans une prairie ne leur appartenant pas, afin que ceux qui n'avaient pas de jardin puissent en profiter ; et l'un des enfants s'était présenté en ''bon herborisateur'' et un autre était hydrocéphale ou quelque chose de ce genre ; et il y avait un vieux châtelain qui possédait un bull-terrier jaune, souriant, grand ami de ces enfants et le châtelain gardait ses noix jusqu'à ce qu'elles soient pourries, puis les écrasait toutes. Vous auriez dû entendre Will ! Il sait parler — même quand cela ne rapporte rien !

— ''Le Pré de Marie'' ! »

Le poing de Sandy s'abattit sur la table.

« Chut ! dit Burges, envoûté. Continue, Robin !

— Et Wollin a tout vérifié, pendant que la sueur séchait sur sa figure — te rappelles-tu, Will ? — et il a glissé ses propres réminiscences — dont une à propos d'une capote de femme lilas, je me souviens.

— Pas lilas ! Bouton d'or. L'une des brides était jaune canari et l'autre blanche », rectifia McKnight comme si c'était une question de vie ou de mort.

« C'est possible... Et il y avait un rossignol qui chantait pour l'Homme-dans-la-Lune, et un vieil herbier... pas celui de Gerard[10], sinon j'aurais su... ''Le paradis'' quelque chose. Wollin nous abreuvait de détails de ce genre. On lui aurait donné dix ans de moins et sa voix ressemblait à celle du crieur public. Oui, Sandy, le conte s'intitulait ''Le Pré de Marie''. Tout lui est revenu... *via* Will.

— Et cela lui a-t-il fait du bien ? demandai-je.

— Tu sais, dit lentement Keede, il est difficile à un médecin de famille, n'est-ce pas ? de croire à la rémission des péchés. Mais si rien de tel existe, je sais à quoi ressemble une âme rachetée. La vieille dame avait fait semblant de préparer le dîner, mais elle s'est arrêtée quand Will a commencé son histoire et elle a écouté jusqu'au bout. Wollin a ensuite levé la main, comme s'il entendait ces maudites voix. Puis, d'un geste, il les a chassées, il a laissé tomber sa tête sur la table et s'est mis à pleurer. Ah ! s'il a pleuré ! Puis elle l'a embrassé, et moi aussi. Est-ce qu'elle t'a embrassé, Will ?

— Certainement pas ! » s'indigna Lemming, qui est complètement marié depuis longtemps.

« Dommage pour toi ! En dépit des années, la bouche est restée séduisante. Et Wollin ne voulait pas nous laisser partir... il s'est accroché à nous comme un enfant. Et donc, après manger, nous avons repris toute l'affaire, jusqu'à une heure impossible. La douleur et la drogue avaient fait en sorte que ce conte de nourrice s'était logé dans un coin de sa tête jusqu'à temps qu'il prime tout le reste — comme il arrive parfois — mais totalement mélangé aux bombardements et aux cauchemars. Dès que Wollin a eu l'explication, tout s'est évaporé comme de l'éther — l'odeur en moins. Je l'ai envoyé se coucher l'estomac plein de sa propre bière, alors qu'il devenait un tantinet dictatorial. Il tenait du tyran courageux et de la vieille fille — croisement qui n'a rien d'exceptionnel ; mais quel homme, dès qu'il n'était plus sous pression ! La vieille dame nous a raccompagnés jusqu'à la porte — elle ne m'a pas embrassé de nouveau, hélas pour moi ! Elle, c'était l'an zéro de l'âge de pierre — bénie soit-elle ! Elle nous considérait comme deux magiciens ayant rompu le sortilège dont Wollin était victime, a-t-elle dit.

— Et c'est vrai, dit Burges. Et qu'a-t-il fait ensuite ?

— Il a acheté un side-car pour sa moto, afin de pouvoir y mettre plus de végétaux — il passera en jugement un jour pour braconnage ou pour violation de domicile — et il sillonne tous les comtés autour de Londres et il plante, heureux comme un — ah ! Que ne donnerais-je pour être seulement un centième aussi heureux que lui ! N'empêche, notez-bien, qu'il se serait suicidé tout de go si Will et moi nous l'avions fait arrêter. On fait de beaux Sherlock Holmes, va ! »

McKnight grommelait dans sa barbe en roulant le r : « Julianna Horrratia Ewing[11], dit-il. Le plus beau, le plus tendre, le plus charmant, le plus innocent de tous les contes auxquels âme de femme ait jamais donné naissance ! Je gagne peut-être ma vie en vendant du tapioca dans les faubourgs, mais, ça, je le sais ! Quant à mes gravures-là, dit-il en se tournant vers moi, ce n'étaient pas des jardiniers. C'étaient les quatre grands botanistes britanniques et... et... je te demande pardon. »

Il tira les chaînes des neuf brûleurs autour de l'autel des petits luminaires avant qu'on ait eu le temps de voter.

Mutinerie à bord

Ce que la bronchite chronique avait épargné de l'homme vint, sur avis médical, à l'île de Stephano, cette perle des mers subtropicales, sertie dans les eaux au-dessus de l'équateur mais trop haut pour que les perroquets s'y reproduisent.

Il y en avait pourtant indubitablement trois, qui criaillaient dans les cèdres. Il demanda à une jeune femme originaire de l'île le pourquoi de ce phénomène.

« Deux sont à nous, répondit-elle ; nous les gardions dans la véranda mais ils se sont sauvés. Ils ont fondé un foyer et ont eu un bébé.

— À quoi ressemble un bébé perroquet ?

— Ma foi, on dirait un petit bébé juif ! Je pense qu'il y en aura d'autres bientôt. »

Et elle eut un sourire de prophétesse.

* * * * * * *

Il suivit la *Florealia* comme elle entrait au port. Le navire mouilla et envoya un canot à terre. Le bull-terrier, qui commande *de facto* la police de l'île, expliquait le règlement du port au chien responsable d'un transport de grume, un schooner de Floride amarré à quai. Le policier du bull-terrier se tenait debout à côté de lui. Le canot, après avoir débarqué son officier, déborda du quai pour attendre. Le policier, d'une voix sonore, dit au chien : « Allez viens, Jacquot ! Viens, mon Jacquot ! Allez Jacquot ! Jacquot ! viens, Jacquot ! » L'armement[1] du canot parut grincer un peu des dents, cependant que l'homme et le chien s'éloignaient. Le malade échangea quelques phrases avec le policier et avança en boitant le long du front de mer jusqu'à l'autre extrémité du port, où l'eau cesse d'être profonde et où se situe le chantier de réparation navale de Randolph, à deux pas de la route principale, près du bosquet de mangrove voisin des poinsettias. Un chiot convalescent, un petit bâtard de fox-terrier, était couché sur le chemin de deux hommes qui voulaient haler une barque de douze mètres, créditée d'un siècle d'activité dans le commerce des Antilles, dont la roue du gouvernail avait à présent besoin d'un tambour neuf.

« Ne dérangez pas Lil ! cria Mr Randolph. Amenez le bateau par le travers et faites glisser une planche ! »

Puis il salua le visiteur :

« Bonjour, Mr Heatleigh ! Et cette toux ? Notre climat vous convient-il ?...Tant mieux !... Lil aussi va mieux. Le lait lui fait du bien. Vous êtes pas son seul admirateur. Winter Vergil est parti lui chercher son lait. Il devrait être de retour.

— Winter Vergil ! Qu'est-ce qu'il f... Qui est-ce ?

— Il a été absent toute cette semaine. Il lui est arrivé des malheurs. (Mr Randolph rit doucement.) Il était bosco[2] dans la Flotte. Il est difficile de lui donner un âge. Il a pris sa retraite sur l'île quand j'étais petit. Il s'est marié ici aussi... avec une veuve de la paroisse de Cornouailles. Autrement dit, c'est une Gallop ou une Mewett. Attendez ! Elle s'appelait effectivement Mewett. Son premier mari était un Gallop. Il lui a laissé cinq arpents de bonne terre à oignons, qu'un hôtel a voulus pour y créer un terrain de golf. Grâce à quoi et aux économies de Vergil, il a sa maison avec jardin à deux pas de l'arsenal. Et, du coup, Pépé décolle pas plus d'ici que des tourlourous[3] d'un nègre mort. Je l'attends d'une seconde à l'autre. »

Mr Heatleigh déboutonna sa veste d'été, car le soleil commençait à faire sentir sa délicieuse chaleur. Derrière le vieux bateau était posé un hydravion écarlate regorgeant d'accessoires en nickel et puant la peinture fraîche.

« C'est le dernier joujou de Rembrandt Casalis, expliqua Mr Randolph. Lui, c'est la Glucose ; il paraît qu'il vaut quinze millions. Mais il est marin comme ma sœur. Il est allé érafler son engin contre un quai la semaine dernière. Je me fais pas de bile pour ça ; vu sa fortune, il a de quoi payer mes factures de réparation. Normalement, je dois le livrer ce matin... Mais dites ! vous allez pas déjà repartir ! Vous venez d'arriver ! Asseyez-vous donc un moment sous le hangar ! Vergil va sûrement revenir avec le lait pour Lil. Mettez donc en panne[4] un moment, vous ferez sa connaissance ! Je resterais bien, seulement je peux pas. Mais Lil va vous tenir compagnie. »

Il pataugea jusqu'à l'hydravion, qu'il réveilla : ce furent des hurlements abominables, puis la machine s'élança d'un seul coup, fracassant. Le remous du sillage poussa un tourbillon de détritus sous les troncs de la mangrove, tandis que s'éloignait le bruit de l'avion remontant le port. Mr Heatleigh regarda les deux hommes à bord de l'antillaise ; ils installèrent une planche de débarquement sur l'arrière, emportèrent le tambour plein de rouille et de balafres et s'en allèrent ailleurs. Lil dormait et, derrière, sur la route de corail blanc, passait une procession de voitures hippomobiles ; car un nouveau vapeur était arrivé et on répartissait les excursionnistes dans les divers hôtels. Un vieil homme sec, aux joues lisses, vêtu de tussor immaculé, quitta la route pour entrer dans le chantier. Il portait dans la main gauche (sa droite était bandée) une bouteille cachetée de lait stérilisé. Lil courut vers lui et il demanda à la chienne où était donc passé son maître. Mr Heatleigh le lui dit et chacun se présenta. Mr Vergil fouilla dans le hangar et y dénicha une soucoupe propre, mais il s'aperçut qu'il n'arrivait pas à verser le lait d'une seule main. Mr Heatleigh l'aida.

« Y en a qui diront qu'elle vaut bien soixante-quinze *cents*, déclara Mr Vergil, pendant que la chienne lapait son lait. Ces six dernières semaines, elle a coûté plus de quatre dollars la semaine. De toute façon, c'est le cabot à Randolph.

— Il semble que vous n'aimiez guère les chiens, dit Mr Heatleigh.

— Ni eux ni d'autres, on peut même dire ! Pas en ce moment. »

Mr Heatleigh jeta un coup d'œil à la main soigneusement bandée et hocha la tête.

« Non... C'est pas des chiens, dit Mr Vergil. Des perroquets. D'après le major de l'arsenal, on aurait plus vite dit du travail de vautours.

— Je ne sais pas grand-chose sur les perroquets.

— Dans la marine, on finit par en savoir un rayon. Tôt ou tard. Nom d'un patara[5] ! fi dame !

— Mr Randolph m'a dit que vous aviez été dans la Fl... dans la Marine de guerre.

— Toute ma vie. Une quarantaine d'années. J'ai pris mes invalides ici en Dix-Neuf Cent Dix, l'année où ils ont sorti le premier des faillis ânes de *Dreadnought*[6] à Jacky[7]. Toute cette soi-disant Marine moderne[8], ç'a émergé depuis mon temps. J'étais mousse, par exemple, dans la fameuse Black Fleet — le *Warrior*, le *Minotaure*, l'*Hercule* et autres coques noires[9]. Dans les Six Meurt-de-Faim[10], si ça vous dit quelque chose... Vous partez ? »

Mr Heatleigh était sorti du hangar.

« Non, non ! Je pensais seulement à poser mon sa... à aller m'asseoir un moment là-haut. »

Mr Heatleigh se tourna vers le bateau, mais il semblait attendre que Mr Vergil le précédât sur la planche. Le vieil homme escalada celle-ci allègrement et sauta à bord, à peine moins souple que Mr Heatleigh, qui le suivit. Ils s'installèrent à l'arrière, près de la roue. Sur toute la longueur du pont à l'avant du mât s'ouvrait le trou béant d'une cale aux membres de bois noir, dur comme le roc. Le regard de Mr Vergil, sous des sourcils givrés, parcourut la longue figure de son compagnon, comme un projecteur balaie une côte qu'on devine à moitié.

« Touriste ? demanda-t-il soudain.

— Oui, pour quelque temps. J'ai une vedette à Southampton.

— J'aime pas... j'ai jamais aimé. Rien de tel ! »

Et il indiqua le mât fendu et délavé. Il y eut un silence, tandis que les deux hommes se chauffaient au soleil. Mr Heatleigh croisa les mains autour de l'un de ses genoux pour pouvoir soulever plus facilement une jambe quelque peu engourdie, cependant qu'il s'appuyait mollement à la lisse de poupe. Celle-ci était basse et le geste tira la manchette de sa veste plus haut qu'à mi-poignet : le bras était tatoué. Le dos tourné au soleil, Mr Vergil sortit d'une poche le fourneau de sa pipe. Une bouffée de cèdre chaud leur parvint à travers un parterre de glaïeuls.

« Pensez à la rade de Southampton en ce moment ! dit Mr Vergil. La boucaille[11] ! Sans parler du froid ! »

Les trois perroquets poussèrent des cris et leur vol tournoyant dépassa la pointe du port. Mr Vergil secoua vers eux son poing bandé.

« Comment est-ce arrivé ? demanda Mr Heatleigh.

— En voulant rendre service à un ami. À tous les coups, c'est pareil.

— Mais comment ?... si je puis me permettre. »

Le ton n'en était pas moins celui du commandement.

Derechef le regard de Mr Vergil parcourut la mince silhouette.

« C'est à cause, dit-il, des animaux qu'ont les hommes dans la Flotte. Les gros-culs[12] et les croiseurs ont des ours, jusqu'à ce qu'ils se mettent à étreindre les gradés. Sur les petits bâtiments, y a des singes et des perroquets, quand c'est permis. Y avait un gars, sur ce brave *Audacious* — ah ! il gouvernait comme un poisson, çui-là ! — qui avait des caméléons dans la chambre des machines ; mais ils gênaient la mécanique. Le mieux, c'est les perroquets. On les paie cher quand ils causent bien.

— Qui leur apprend ?

— Les perroquets, c'est comme les femmes : ils ont les écoutilles qui traînent où il faut pas. J'ai entendu dire que c'est le timbre de la voix qui les attire. Or, à la base, on a deux croiseurs — moi, j'appelle ça des sloops —, la *Bulleana* et la *Florealia*. Et tous deux bourrés à bloc de perroquets. Toutes les espèces possibles et imaginables de maudits verts ; et ces gris à queue rose comme on en trouvait de mon temps sur la côte occidentale. Crééédienne et nom d'un patara ! A quand remonte ma dernière visite dans le golfe de Bénin ? Et à bord de quel navire ? Le *Thésée* ? le *Saint-Georges* ? Était-ce l'Expédition béninoise ? La fois qu'on a découvert ces quatre cents louis d'or et les quatre douzaines de bouteilles de champagne abandonnées dans le canoë royal ? Et c'est seulement après coup que quelqu'un a remarqué le pognon ! Mais pour en revenir aux perroquets... Y a un dénommé Mowlsey à l'arsenal, dans le genre homme à tout faire, au magasin général. Il est venu me voir, sachant que Mrs Vergil a un perroquet. Ma maison est à deux pas de l'arsenal, parce que, de la sorte, j'ai de quoi me satisfaire. Je veux dire qu'après quarante ans de marine, vivre auprès me convient en grand. Et, du coup, on me demande souvent de donner la main dans les cas délicats.

— Naturellement », dit Mr Heatleigh qui s'étira davantage encore afin de rôtir au soleil son ventre de lézard.

À présent, sa manchette était remontée nettement au-dessus du poignet.

« Et le soir dont je parle, voilà ce Mowlsey qui avait besoin de moi pour une mission spéciale. En raison d'un tir à la cible prévu bientôt pour les deux vaisseaux, tous les perroquets de l'escadre devaient être déposés à la Garniture[13]. Y aurait un chef de corps « Perroquets », autorisé à toucher des frais de pension pour la nourriture et l'entretien. Au retour de l'escadre, les perroquets seraient dûment restitués à leurs propriétaires respectifs. Il m'a montré l'ordre de service — tapé à la machine. Comme Mrs Vergil avait un perroquet et que Mowlsey disait que j'avais le prestige requis, j'ai accepté. Et on n'est pas mal, non plus, à l'entrepôt. Crédienne ! Je me rappelle dans le temps que c'était plein à craquer d'espars[14], alors que maintenant — tenez ! ils seraient crucifiés dessus qu'ils sauraient même pas la différence entre un bout-dehors[15] de bonnette[16] et un piquet à linge !

— Pourquoi débarque-t-on les perroquets lorsqu'il y a un tir à la cible ?

— À cause que la décharge les rend muets. D'ailleurs eux-mêmes, ils aiment pas. On avait un gros babouin sur cette brave *Pénélope* (ah ! mes aïeux ! quelle poupe !) ; il endurait pas les tirs de grosses pièces, même à la poudre noire[17]. Il se réfugiait dans les poulaines[18] et montrait les crocs à toute la compagnie. C'était plutôt embêtant, parce que les poulaines... »

Mr Heatleigh toussa.

« La bronchite, expliqua-t-il rapidement. Va... continuez !

— J'avais ordre de me préparer à recevoir les perroquets quand la cloche piquerait[19] cinq.

J'imagine qu'on vous a expliqué pendant la traversée sur votre vapeur à quelle heure ça correspond dans la marine.

— Je crois bien que c'est écrit au dos de la liste des passagers », répondit humblement Mr Heatleigh.

Mr Vergil, impatient, reprit son souffle et continua :

« À l'intérieur y avait un bac plein de rations à perroquets. Je me suis dit : "Voilà bien le gaspillage de l'arsenal !" Je me doutais pas de ce que ç'allait me valoir. Il faut que je vous dise qu'une Garniture, c'est surtout des fenêtres, et dessous, tout du long, y avait une réserve d'arbalétriers[20], de tentes et d'espars de voiliers stockés sur chantiers[21]. J'en ai déplacé quelques-uns, pour faire un rayonnage où poser les cages. Je me voyais pas à croupetons sur le pont pour m'en occuper. À l'âge que j'ai, ça prend trop de temps de se relever. (Cré milliasses et nom d'un patara ! Et dire que j'ai été pendant six ans gabier de vergues hautes ! — chef de manœuvre aux barres d'hune de misaine, à bord de la *Résistance* !) Pendant que je m'activais, on aurait dit nos marsouins qui débarquaient en Crète. Et ça, ça remonte à quand déjà ? Et voilà la troupe qui émerge de l'escalier du quai, les *Bulleana* ouvrant la marche, les *Florealia* la fermant. Chaque matelot balançait sa cage, pour que son oiseau reste tranquille. Quand ils ont fait halte et que ç'a plus bougé, ils se sont tous mis à piailler… je parle des oiseaux… tout à la joie de se trouver ensemble. Un quartier-maître me croche l'écoutille à deux mains et me mégaphone : "Ouvre l'œil, Pépé ! C'est pas de la denrée non périssable, ta cargaison !"

» Et il avait raison. Il me restait plus qu'à

marcher à culer[22], en jouant les sémaphores : que les *Bulleana* arriment leurs cages à bâbord de l'entrepôt, les *Florealia* à tribord. Et voilà la troupe qui entre et ils arriment comme j'ai dit : quarante-trois *Bulleana* et vingt-neuf *Florealia*, soixante-douze oiseaux en tout.

— Pourquoi n'avez-vous pas dit une centaine ? demanda Mr Heatleigh.

— Parce qu'y en avait pas autant. Mes troupes de débarquement ont alors gagné la sortie à l'autre bout et, virant bâbord ou tribord, chacun en fonction de son navire, ils ont fait demi-tour et rangé[23] le bâtiment pour dire au revoir. Soixante-douze oiseaux et soixante-douze matelots qui se penchaient aux claires-voies et leur disaient d'attendre bien gentiment qu'on revienne au port. Et en plus, forcément, le tout en charade mimée ! Le quartier-maître m'a remorqué au large, sans quoi on pouvait pas communiquer. Mais il s'est contenté de me dire : "Je vous souhaite bien du plaisir, Pépé !" et il a ramené ses troupes à bord. Les oiseaux en ont eu le cœur brisé... Ce que j'ai *fait* ? Quand y a rien qu'on peut faire, on essaie de pas se rendre ridicule. J'ai tiré quelques bordées dans les parages à l'extérieur en attendant qu'il y ait une accalmie dans le typhon. Créédiou et nom d'un patara !... Si j'en ai connu, de ceux-là ! Mais attention !... c'est pas un typhon qui a coulé bas le *Serpent* ! Il était trop chargé du nez en canons et il canardait dans la plume[24] ! C'était pas le jumeau de la *Vipère* et du *Cobra* ? Mais non ! qu'est-ce que je dis ? Eux, c'étaient des destroyers. De toute façon, c'est trois pauvres sampans qu'ont pas eu de veine ! Mais revenons-en à mes perroquets. Je suis rentré dans la Garniture et j'ai dit : "Chut !"

comme Mrs Vergil. Ils ont détaché une unité d'appui pour maintenir le feu, mais la plupart ont pivoté de la tête et m'ont toisé, jaugé, exactement comme les bordées le font avec leur premier maître et leur bosco que l'équipage soit formé. Je les ai toisés, histoire de repérer les amuseurs publics et autres trublions pour la mission suivante ! Nom d'un patara ! Combien de fois je l'ai fait ! C'est pas les grignoux[25] qui me tracassaient ; la plupart des gens peuvent pas vivre, sans parler de travailler, s'ils groument[26] pas. C'était le noyau dur — les gabiers de poulaines[27] que je voulais repérer. Eh ! Qui sait faire une chose doit savoir faire le reste. Par exemple. J'avais passé une vingtaine d'années à sous-venter[28] les rouilles[29] qui guettaient l'occasion de m'enquiquiner ; sans oublier les menteurs et autres casse-pieds du règlement qui cherchaient à me coincer entre la toile et le raban par rapport au règlement de l'amirauté ; et sans parler des inévitables fatras[30] qui gagnent au vent. Et les voilà tous devant moi, ceux que j'avais couchés sur le cahier rouge[31] ou souqués[32] quand la cloche piquait sept — oui ! ils y étaient tous ! métamorfusés en ces oiseaux de malheur et évidemment, comme ils avaient fait leurs classes dans la marine, ils causaient de la manière qu'on le fait sur le pont inférieur. »

Mr Vergil marqua une pause et Mr Heatleigh hocha la tête de l'air de quelqu'un qui comprend.

« Y avait un gris à queue rose — un *ju-ju-wallah* de la côte occidentale — accroupi sur le fond de sa cage. Tiens, lui, s'il avait été matelot, rien qu'à le voir, ç'aurait mal fargué[33] pour son fascicule. Il a attendu que mon œil l'ait dépassé, alors que je les passais en revue. Puis il m'a injurié en parlant du ventre — un ventriloque, quoi. Justement, y avait un gabier des vergues hautes à bord du... lequel de ces petits croiseurs était-ce déjà ? Mais non, je n'y suis pas du tout ! La *Résistance*... un cinq-mâts. Oui, c'est bien ça... qui avait exactement le même don et c'en était toujours d'autres qui se faisaient apostiller[34]. Jemmy Reader, il s'appelait — un hargneux qui avait la gueule cassée. Je lui ai dit (je parle de l'oiseau) : "L'ancre est pas encore à poste ; disons que j'ai rien entendu. Mais je m'en souviendrai, Jemmy !" Et nom d'un patara ! y a au moins trente ans que j'avais pas pensé à Jemmy Reader.

» Et y avait un cacatoès à crête soufrée, qui sacrait comme un renégat. Il me rappelait quelqu'un que j'arrivais pas à me remettre, mais j'ai tout de suite vu qu'il y aurait des histoires avec lui. L'un dans l'autre, j'ai repéré une demi-douzaine de vrais rigolos et peut-être une douzaine qui leur emboîteraient le pas si ça marchait. Le reste se composait de matelots-légers[35], toujours prêts à embraquer[36] derrière avec n'importe quelle équipe qui promet du chambard. (J'étais déjà passé par là, quand j'avais sept cents hommes à connaître de nom, et le poste de chacun, en huit jours. J'ai jamais laissé plus de huit jours ni à moi ni à personne d'autre.

» Ensuite Mrs Vergil est venue m'apporter mon casse-croûte. Il a fallu qu'on aille dehors, et loin de la Garniture, pour parler. C'étaient pas des oiseaux pour dames. Mais, vive comme de la cordite, elle a dit : "Ce qu'il te faut, c'est la couverture qu'on met sur la cage de notre Jacquot." Et j'ai dit : "Son cœur s'en remettra sans crainte à son épouse. Fais-moi porter la couverture tout de suite ! Y en a un qui la mérite déjà depuis un moment.'' Elle me l'a fait parvenir, ainsi que mon sifflet de manœuvre — celui que j'ai reçu en cadeau quand j'ai quitté le *Raleigh*. Nom d'un couyambouc[37] ! Ça, c'était un navire ! Dix nœuds au près en sortant de Simonstown, tirant sa maudite hélice !

— Et pourquoi aviez-vous besoin de votre rossignol[38] ? »

À cette question, les yeux de Mr Vergil derechef percèrent Mr Heatleigh.

« Si ç'allait se passer comme ça se passe d'habitude avec ceux du pont inférieur, comment voulez-vous que je fasse sans ? Dès que ce bougre de cacatoès a recommencé à m'injurier, tout de suite j'ai sifflé. Ça lui a fait tour mort[39]. Il s'est posé le derrière par terre et il a dit : ''Mazette !'' Il avait pas le cran de Jemmy. Et rien que ça, figurez-vous, ça m'a remis en tête celui qu'il avait été : le Numéro Trois à la pièce de six à bâbord... Y avait pas grand-chose d'autre, à bord de ce brave *Polyphème*, le navire-bélier qui a défoncé la chaîne à Berehaven... ça remonte à quand, ça déjà ?... une grosse masse avec un accroche-cœur graisseux qui lui pendouillait sur le front — mais j'arrive pas à me souvenir de son matricule. Y avait d'autres sosies de matelots que j'avais connus, mais les meneurs, c'étaient Jemmy et le Polyphème. Le temps passant, les râleurs verts se sont calmés un peu — ils grinçaient et marmottaient comme des poules quand il fait chaud et j'ai piqué un roupillon près de la porte ouverte, là où sont les rouleaux d'embarcation. Jemmy m'a alors pris en traître et j'ai entendu ce que j'avais pas entendu depuis belle lurette ! ''Homme de plat[40], les rations !''. On les nourrit aux petits pains dans leur soi-disant marine moderne ; mais de mon temps, quand un mousse entendait ça, il se paumoyait[41] et rapportait ce qu'y avait pour son plat ou alors il se faisait tosser le gaillard d'arrière[42]. Et à ce moment-là j'étais mousse justement et j'amenais une chaloupe le long du bord de ce brave *Écureuil*, le brick-école, au ralenti (en rêve, je parle). Et donc, le temps que je me réveille, j'étais au milieu de la Garniture et ils ont ri de ma pomme. Jemmy menait le chœur. Mais derrière le charivari y avait quelque chose (ça se sent toujours) et pendant que je me détapais les écubiers[43], j'ai vu le bac aux rations de perroquets. On piquait sept du quart de l'après-midi, et ce qu'ils voulaient, et ce à quoi le règlement de l'amirauté, vous comprenez, leur donnait droit, c'était une nouvelle gamelle. Et c'est là que Jemmy a montré comme il était madré ! Ils étaient loin d'avoir tout consommé de leur première ration, mais ils étaient dans leur droit et Jemmy m'avait réduit au rang d'homme de plat dans sa volière !

— Qu'avez-vous fait ?

— Rien. C'était du bluff de pont inférieur. La question était de savoir si je devais les traiter en oiseaux ou en cols bleus. Je leur ai laissé le bénéfice du doute. À vrai mataf, rata de mataf ! J'ai rempli les gamelles et changé l'eau quand il fallait, et ils se payaient ma tête ; ils ont pas arrêté ! Ça m'a pris jusqu'à la fin du premier petit quart[44]. Jemmy a attendu que j'aie fini, puis il a recommencé à m'injurier (du Jemmy Reader tout craché, quand il prenait une empointure[45] de ris au vent). Du coup, Polyphème s'y est mis. J'ai éteint le loupiot de Jemmy avec la couvrante de notre Jacquot. Du coup, l'autre aussi, celui au toupet, ça l'a court-circuité — la preuve qu'ils étaient branchés sur le même fusible. J'ai continué à nettoyer leurs cages, à la spatule. Et ça leur a bien plu de me voir chef de poulaines, en plus qu'homme de plat. Jemmy naturellement voyait rien, mais Polyphème lui racontait et dans le noir il a dit ce qu'il aurait pas dû dire. Il avait du cran ; je peux pas lui enlever ça. Après quoi j'ai bouclé la Garniture et je suis rentré chez moi.

» Mrs Vergil m'a dit bravo mais je savais que jusque-là ils s'étaient contentés d'ajuster le tir. Leur but, c'était le complot, la mutinerie, et la question était de savoir comment ils s'y prendraient. Crééédienne et nom d'un patara ! J'ai connu trois ans de mutinerie ininterrompue en mer Rouge, à poursuivre les dhows[46] de négriers, et tout le monde sous la même tente, avec "Dick le Dingue" sur ce brave *Petruchio* — la corvette qui a perdu sa quille au large des Minicoys. À la fin de la campagne, tous les officiers qui étaient pas aux arrêts réclamaient le conseil de guerre et les matelots rôdaient comme une bande d'assassins.

— Comment l'aventure s'est-elle terminée ? demanda Mr Heatleigh.

— À la navale. On est rentrés. Quand nos cancrelats avaient péri — ça devait être au large de Gozo — Dick a sifflé "Rassemblement !" pour qu'on vienne voir sur la dunette, sous le pavillon, un sac de marin bourré de preuves. "Y a assez d'horreurs en tout genre et de faux témoignages là-dedans, dit-il, pour couler bas tout l'équipage, moi le premier. Si vous voulez qu'on le ramène, y a qu'à le dire !" On n'a rien dit. "Dans ce cas, on va l'inhumer chrétiennement", il a dit. Ce qu'on a fait, notre coq servant d'aumônier... Mais pour en revenir à mes perroquets. Le soleil se levait quand je les ai retrouvés ; depuis l'aube, avec le vacarme qu'ils faisaient, on les aurait entendus du large des Bahamas ; mais ça, c'était leur sang d'oiseaux. Je leur ai laissé du mou dans la touée[47], jusqu'à ce que je m'avise tout à coup qu'ils se payaient encore ma tête. (Le pire chahut que j'aie jamais vu, quand j'étais mousse, a commencé par un "À s'ébattre, le monde !"[48] Moi, j'approuve pas.) Quand j'ai enlevé de sur Jemmy la couvrante de notre Jacquot, il m'a pas traité de quoi que ce soit. Il était assis là, en train de se ficher de moi. Je savais pas quel coup tordu il était en train de nous calculer, jusqu'à ce qu'il relève un œil (du Jemmy Reader tout craché, quand il nous mijotait un coup) ; et là-haut, dans le toit, y avait un petit salopiaud de vert qui rasait la pente. Il s'était échappé de sa cage. Et bientôt en voilà un autre à se déhaler[49] sur un espar, où il se retournait, comme elles font à Gosport, pour voir ma réaction. J'ai fermé les portes et les fenêtres avant qu'ils aient eu le temps de choisir de filer. Puis j'ai inspecté les cages. Depuis qu'il faisait jour, ils avaient travaillé à démarrer[50] le fil de fer et ces nœuds de soldat avec lesquels ceux de la soi-disant marine moderne les avait bouclés à l'intérieur des cages. En mer, naturellement, y avait nulle part où aller, une fois échappés, et ils le savaient ; à terre, s'ils s'évadaient ou s'ils mouraient, c'était moi le responsable : ils m'avaient bel et bien pris dans la balancine[51] ! Voilà pourquoi Jemmy s'était payé ma tête. Ils avaient agi à son commandement.

— Ç'aurait pu être Polyphème, suggéra Mr Heatleigh.

— Peut-être qu'il avait transmis les ordres de Jemmy, mais il avait pas le gingin de Jemmy. Lui, à part les moqueries et les injures... Quoi qu'il en soit, j'étais incapable de rassembler tous ces verts, qui sortaient de leurs cages par douzaines en sautillant, et quand on peut pas exercer son autorité, on le fait pas. Aussi, je me suis glissé dehors et j'ai écouté à la porte. Des palabres de pont inférieur, typique. Jemmy les a tous envoyés au bain pour avoir saboté la manœuvre. Les premiers déserteurs auraient dû filer un par un, vous comprenez, au lieu d'attendre qu'ils soient toute une barquée. En retour, Polyphème a envoyé Jemmy au bain, on aurait dit un gars de l'arsenal, et le restant a piaillé parce qu'ils aimaient s'écouter causer. Si y avait pas la jappe, ça barderait sérieusement dans des tas de familles. Mais je me suis dit qu'il était temps de mettre le holà. Et donc je suis parti chercher des ciseaux à la maison.

— Je ne vois pas vraiment le... ?

— Je vous ai dit que ce canonnier sur le *Polyphème*, il avait la mèche et il se prenait pas pour de la bibine, jusqu'au jour où (Crééédieu ! tout m'est revenu, d'un coup, au spectacle de ces volailles) on l'a emmené vite fait chez le frater[52] qui l'a tondu comme à Dartmoor* parce qu'il se promenait avec des appendices graisseux faisant outrage à la pudeur. Ça l'a dompté. Mais, y a rien à faire, j'arrive pas à retrouver son nom. »

Mr Vergil fronça les sourcils et on aurait cru que Mr Heatleigh faisait pareil. En vain.

« Quand je suis revenu, il devait y avoir vingt petits verts en liberté. Mais ils pouvaient pas s'évader du navire et j'y ai donc pas fait attention ; j'ai frappé à la racine. J'ai essayé de convaincre

* Célèbre prison britannique (N.d.T.).

Polyphème de me laisser lui gratter la tête — le saligaud ! Au *clac* des ciseaux, il a mordu comme un limier. »

Mr Vergil remua la main droite.

« La bataille a été rude, avant que j'arrive à le zigouiller — je parle de son toupet... de sa crête. Et alors... cré milliasses et nom d'un patara !... il a pris de la gîte évanoui mort comme un chrétien ! La tonte avait fait des miracles sur... l'homme qu'il avait été, mais ce pauvre volatile chauve, il m'a quand même surpris ! "Voilà pour toi, chien jaune ! j'ai dit. Et maintenant, le tour à Jemmy Reader !" Jemmy avait rien raté de la manœuvre. Il savait ce qui venait. Il s'est mis sur le dos comme un requin et a commencé à lutter bec et ongles. Ça devait compter pour lui autant que les queues de rat dans le temps — je parle de sa queue de plumes.

» J'ai dit : "Jemmy, y a jamais eu qu'un seul bosco par bâtiment sur tous ceux où j'ai servi. Mort ou vif, t'auras droit à une réduction de grade, alors tu peux toujours couiner comme poulie qui tourne-à-cul, ce sera pas dans le rapport."

— Et a-t-il "couiné" ?

— On peut dire ! Mais je l'ai pas couché sur le cahier, car il était accusé de mutinerie, tout court. J'ai fini par lui mettre le grappin dessus — j'étais plus que de la toile en rubans — et je lui ai tondu les plumes rouges de sa queue au ras du derrière, où que c'est nu. Faut dire qu'il le cherchait depuis le départ !

— Et qu'a-t-il fait ?

— Il s'est arrêté. J'ai jamais vu personne très causant après une réduction de grade. À cause de la voix : elle arrive pas à sortir comme il faut, vous comprenez. Il a essayé de s'accroupir, mais ses galhaubans[53] avaient consenti[54]. Puis il a escaladé le grillage jusqu'à son anneau, comme un vieux, vieux bonhomme ; et une fois assis là-haut, il s'est mis à se balancer de haut en bas et sur le côté et il piquait du nez, on aurait dit un charbonnier. Le pauvre bougre ! »

Mr Heatleigh lui fit écho.

« Et, du coup, le problème a été réglé, n'est-ce pas ? demanda-t-il.

— J'avais frappé à la racine, répondit Mr Vergil simplement. Y avait plus que mes verts encore en cavale. Quand ils ont vu que j'y faisais pas attention, ils ont commencé à rallier leurs cages, par deux ou trois, histoire de se tenir compagnie, en discutaillant. Je les ai patinés[55] en jetant mon bonnet (il commençait à faire un peu chaud dans la Garniture, à cause que tout était bouclé) et le soleil n'était pas encore couché qu'ils étaient tous revenus. J'ai amarré derrière eux en utilisant les mêmes bouts de bitord[56] que leurs estrasses[57] de propriétaires. C'est à se demander si on leur apprend quelque chose dans leur soi-disant Marine moderne.

— Et que s'est-il passé avec Jemmy et Polyphème ? interrogea Mr Heatleigh.

— Jemmy essayait furieusement de trouver sa nouvelle assiette[58] et Polyphème accroupi coassait comme une grenouille en lâchant des "Mazette !". Rien dans le ventre, ç'ui-là ! Telle a été la situation jusqu'au retour de l'escadre.

— Mais n'y a-t-il pas eu alors de la bisbille ou je ne sais quoi entre les navires ? Un policier que j'ai rencontré sur le quai m'en a parlé... et le canot' de la *Florealia*...

— Parce que ceux des îles leur ont retourné le couteau dans la plaie. Oui. Les *banzai*[59] ont débarqué en fanfare, avec des hourras ! des hosannas ! On aurait dit une fête aux frais de la princesse. Le quartier-maître a fait le compte de mes soixante-douze cages (à raison d'un seul oiseau par cage) ; après quoi, mon quart était terminé. Mais voilà qu'il donne à la troupe le temps de parler à leurs chéris au lieu de se remettre en route tout de suite ! Et un bouchon gras[60] de la *Bulleana* se met alors à couiner qu'il a pas le bon oiseau. J'ai entendu un maître dire : "Arrangez-vous entre vous !" (Il pensait que ce serait "démocratique", j'imagine.) Naturellement, pour ça, le gars est passé de l'autre côté de l'entrepôt. Il est tombé sur un *Florealia* qui se plaignait de la même chose. Ils se sont arrangés entre eux. Du coup, tout a filé en bande. Ils levaient leurs cages et les regardaient dans la lumière comme des verres de porto. C'est merveilleux — le regard de l'Amour ! Oui, ils ont commencé à "s'arranger", deux par deux.

— Et que s'est-il passé avec Jemmy Reader et Polyphème ?

— Eux aussi, ils faisaient couler pas mal de salive. Un second-maître-torpilleur ou je ne sais quoi de ce grade goudillait dans le secteur à la recherche du salopard qui avait coupé la queue de sa pauvre Josie (l'idée m'avait jamais effleuré que Jemmy pouvait être une dame). Il a eu une prise de bec avec Polyphème (je parle du propriétaire) qui pleurait son toupet ; et comme ils étaient pas du même bâtiment, eux aussi ils ont commencé à "s'arranger" gentiment. À ce moment-là, ceux qui avaient récupéré leur vrai chéri ont naturellement pris parti pour leur navire ou leur plat. J'ai vu pire barouf de mon temps, mais piaule plus leste à éclater[61], jamais ! Et évidemment, comme d'habitude, y avait quelque chose là-dessous. J'ai ouï-dire qu'on avait fourgué à l'un des bâtiments de la cordite d'avant-guerre pour ses tirs à la cible et donc il avait tiré comme ce brave *Superbe* à Alexandrie, avant qu'on fasse sauter la soute aux poudres. L'autre navire s'était contenté, à côté, d'exprimer ses condoléances à coups de pavillons. En sorte que les deux troupes avaient débarqué plus ou moins en état d'hostilité. Quand le bruit a commencé à s'entendre à l'extérieur, un maître m'a dit : "Ils veulent pas nous écouter, Pépé ! Ils disent qu'on est pas impartial !" J'ai dit : "Dieu sait ce que vous êtes pas ! En tout cas, je sais ce que vous êtes, moi ! Vous êtes débrouillard comme un bigorneau. Fermez les portes et les fenêtres et laissez-moi prendre la barre !" C'est ce qu'ils ont fait et avec le bruit emprisonné à l'intérieur et la Garniture chauffée au rouge et personne qui s'en mêlait, comme je l'avais recommandé, le corps à corps a cessé et mes matelots se sont mis à ramasser des bouts de cage cabossés et à discutailler.

» Alors j'ai sifflé : "À dégager le pont inférieur !" et je leur ai raconté comment j'avais dégradé Jemmy et Polyphème pour avoir fait ce qu'ils avaient fait. (Finalement Jemmy était bien une dame. Il a pondu un œuf à bord le lendemain et son propriétaire m'a envoyé une photo Kodak.) Du coup, ils ont plus pensé à se battre. Je leur ai dit que j'avais sué comme un bœuf dans la Garniture à garder leurs trésors à leur place et ils étaient pas fondés à se plaindre si les pauvres petits bougres esseulés avaient joué à saute-hamac en leur absence. Une fois que j'ai eu réussi à les faire rire, je leur ai dit qu'ils étaient très forts pour pérorer et se pommader la touffe, comme le reste de leur soi-disant Marine moderne. Sur quoi, on les a fait repartir. Autrement (même si un pétra était pas allé chercher les marsouins et baver des âneries dans la presse), ces deux navires auraient passé le reste de leur campagne à se trier furieusement leurs perroquets. Et vous voyez d'ici le genre de barouf qu'on aurait eu à terre ! Alors qu'aujourd'hui ils réagissent comme un seul homme quand on se fiche d'eux et de leurs "Jacquots" aux quatre coins de l'île. Le pire qu'ils feront maintenant, ce sera de tuer un ou deux policiers. Et, si je peux me permettre, la manière dont je m'y suis pris avec eux (oiseaux et matelots) montre ce que donne un homme qui connaît son métier, sir Richard. »

L'expression de Mr Heatleigh et sa position changèrent : on le sentit plus à l'aise. Il tendit la main. Mr Vergil se leva et la lui serra. Les deux hommes se faisaient de grands sourires.

« C'est bien vrai, Vergil, et je peux l'attester depuis mon premier embarquement. M'avais-tu donc reconnu depuis le début ?

— Je pensais bien que c'était vous, Cap'taine, quand vous m'avez indiqué de monter à bord le premier. Mais j'étais pas certain avant de voir sur vous mon œuvre. »

Mr Vergil indiqua le poignet découvert, où l'ancre surjalée[62] se dessinait, en bleu encore foncé, sous les poils roux.

« Dans la hune de misaine de la *Résistance*, au large de Port Royal[63] », dit Mr Heatleigh.

Mr Vergil hocha la tête et sourit :

« Ç'a tenu, dit-il. Mais... qu'est-il arrivé à votre matricule, sir Richard ?

— Ça, c'est parce que des hommes qui étaient

meilleurs que moi sont morts à la guerre. J'ai hérité, vois-tu.

— Et vous voilà lord maintenant ? »

Son interlocuteur hocha la tête. Puis il se donna une claque sur le genou :

« Ça y est, enfin ! s'écria-t-il. Le canonnier du *Polyphème* ! C'était Harris — la Crasse, pas le Pouilleux[64]. On était ensemble sur le *Comus* et ensuite sur l'*Euryale*. Il prêtait des sous.

— C'est bien ça ! s'écria Mr Vergil. J'avais toujours pensé qu'il devait être juif quelque part. Et qui commandait le *Comus* à l'époque ? Je parle de la fois, dans l'Adriatique, où il a embarqué une baleine[65] par l'arrière et a bien failli noyer le pacha[66] dans sa chambre. »

Mr Heatleigh repêcha également ce nom-là dans sa mémoire. Et ils sillonnèrent ainsi les mers du passé en un vaste va-et-vient, retrouvant des bateaux et des hommes qui remontaient à des temps lointains et oubliés. Car (les vieux le savent) les morts attirent les morts, comme le fer attire le fer. Assis à la poupe dans l'arrondi des quenouillettes[67], l'amiral avait les mains serrées sur les genoux, comme si une drosse[68] de gouvernail y était encore coincée. Assis en face de lui de l'autre côté de la roue déconnectée et mal en point, Mr Vergil se tenait bien droit en l'honneur des jours glorieux et des noms illustres, légèrement ballotté sous l'assaut des souvenirs dont il sentait passer le flot. Victorias et phaétons commençaient à revenir des hôtels désormais pleins ; l'une des voitures transportait un officier de la *Bulleana* en sueur, qui avait ordre de trouver à tout prix l'amiral (en retraite) lord Heatleigh, inscrit par erreur dans quelque pension, et de lui transmettre, de la part du capitaine de la

Bulleana, une invitation à leur faire l'honneur de déjeuner à leur table. Et on se rapprochait déjà dangereusement de l'heure de l'apéritif !...

Plus tard, autour dudit apéritif, lord Heatleigh crut comprendre que l'escadre de Sa Majesté stationnée à l'île de Stephano était d'avis que « Pépé » Vergil méritait d'être pendu à la grand-vergue.

« Heureusement que vous n'en avez ni les uns ni les autres ! répondit l'hôte. C'est lui, quand je n'étais que midship[69], qui m'a appris presque tout de mon métier de marin. Le meilleur bosco et — en dehors du service — main sur main[70], le plus gros menteur de la Flotte ! »

Vues humaines

« Si c'est dans des vues humaines
que j'ai livré combat contre les
bêtes... »
I Cor. XV, 32[1]

Son hunier aux reflets de cinabre encochant l'horizon bleu, torride, montrait qu'il s'agissait d'un transport de blé espagnol plusieurs heures avant qu'il atteignît la jetée de Marseille. Alors la grand-voile se cargua, un foc à livarde[2] se déploya à l'avant, un tape-cul[3] maniable s'établit à l'arrière, et le nouveau venu se faufila à travers les vaisseaux jusqu'à son poste de mouillage à quai sans plus de bruit qu'une femme voilée dans les allées d'un bazar.

La clameur de ses cornes annonça son nom à la capitainerie. Un inspecteur d'un certain âge, au nez crochu, monta à bord pour voir si la cargaison avait pâti de la traite vent arrière depuis le Sud, et le chat-amiral ronronna dans les jambes du capitaine tandis qu'on ouvrait l'écoutille d'arrière.

« Si le reste est à l'avenant, dit l'inspecteur en reniflant, vous feriez mieux de repartir vite fait jusqu'au môle et de tout jeter.

— Ce n'est rien, répondit le capitaine. Le blé espagnol chauffe toujours un peu. On le moissonne très sec.

— Dommage que vous ne le gardiez pas dans le même état ! À votre avis, c'est quoi : du grain ou du foin ? »

L'inspecteur indiqua la cale sous leurs pieds. Le blé était chargé en vrac et les fuites dans le pont, ajoutées au temps chaud, l'avaient fait germer par endroits et recouvert de pellicules verdâtres.

« C'est mieux comme ça ! dit le capitaine avec aplomb. Du coup, c'est imperméable. Il suffit d'en ôter une couche de deux pouces, et le reste, c'est du nanan.

— Moi aussi j'ai raconté ce genre de salades quand j'avais votre âge. Et comment se trouve-t-il chargé ? »

Le jeune Espagnol rougit mais retint sa colère.

« Il se trouve avoir été lesté, sous mon contrôle, de saumons de plomb et de minerai de cuivre en sacs.

— Je n'ai pas ouï-dire qu'ils raffolaient de vert-de-gris dans leur pain d'aumône à Rome. Mais... vous disiez ?

— J'essayais de vous dire qu'il se trouve que les caissons sont en châtaignier compact, de deux pouces d'épaisseur, fond et cloisons tapissés de peaux.

— Vous voulez dire des peaux corroyées d'Afrique, comme petit à-côté personnel ?

— En quoi cela vous regarde-t-il ? Nous déchargeons à Port-de-Rome, pas ici.

— C'est ce que je vois sur vos papiers. Et qu'auriez-vous bien pu arrimer dans ses ailes ?

— Des singes ! des singes circoncis... comme vous !

— Petit singe toi-même ! En attendant, si vous daignez écouter le conseil d'un vieux singe, la prochaine fois qu'il vous arrive de barroter[4] avec de la laine et que vous y forcez plus de balles qu'il n'en faut pour le bien du bateau, ceintrez[5]-le donc avant de mettre à la voile ! Je sais que ça ne fait pas très élégant quand on entre à Port-de-Rome, mais ça évitera à vos ponts de bomber pire qu'ils ne le font. »

Il était incontestable que le bordé et les gouttières[6] autour de l'écoutille d'arrière avaient légèrement bombé. Le capitaine se mit en colère.

« Je connais votre engeance ! tempêta-t-il. Vous déambulez sur les quais tout l'été aux frais de César, à fourrer partout votre guibre[7] de Juif. Mais que le vent souffle du nord, vous ne décollez pas de votre brasero et vous nous laissez en rade, nous autres patrons, une semaine entière !

— Absolument ! C'est mon portrait tout craché ! répondit l'autre. Ça va ; l'écoutille de la hanche[8] maintenant ! »

Comme il levait la main, la manche, en glissant, découvrit au-dessus du coude le large bracelet d'or à triples rainures verticales réservé aux grands capitaines qui ont navigué sur les trois mers : celle du Milieu, l'Occidentale et l'Orientale.

« Dieux ! salua le capitaine. Je vous croyais...

—... Juif naturellement. Ne fréquentes-tu donc pas les ports orientaux depuis assez longtemps pour reconnaître un homme de Sidon-la-Rouge ?

— Je me suis trompé et je vous demande pardon,

mon père ! dit l'Espagnol avec impétuosité. Mes hauts[9] ont un tantinet fatigué, j'en conviens. Trois jours de piaule[10] s'annonçaient. J'avais l'intention de le faire ceintrer au large des Îles, mais les grelins ralentissent tellement la marche — et on n'aime pas gâcher une bonne course vent arrière !

— À qui le dis-tu ! »

Sous des paupières cornées, ridées par le soleil et le sel, le regard de l'inspecteur, tel un pélican en train de couver, enveloppa le jeune homme.

« Mais si tu as envie demain de parer[11] tes grelins de ceintrage, je peux te trouver des gars pour te les passer par-dessus bord. Ce n'est pas le genre d'opération qui s'effectue en haute mer. Et maintenant, le grand panneau[12], là-bas !... C'est bien ce que je pensais. Il faudra un autre grelin à l'arrière du mât de misaine. »

Il fit signe à l'un de ses subordonnés qui remonta rapidement le quai jusqu'à l'endroit où le patrouilleur de la capitainerie se prélassait, amarré à son organeau[13]. C'était une barque solide, armée en pointe[14], à onze rames de chaque côté, équipée d'un court éperon perforateur, car elle avait pour mission de réprimer les émeutes dans le port et la piraterie le long de la côte.

« Qui le commande ? demanda le capitaine.

— Un vieux camarade de bord à moi, Sulinus[15] — un homme du Fleuve. On va lui demander son avis. »

En Méditerranée, il n'y a (le Nil gardant toujours son nom) qu'un fleuve : cette vieille couleuvre de Danube qui va se jeter dans la mer Noire à travers le dédale de ses deltas.

Aussitôt, les yeux du jeune homme s'écarquillèrent.

« Serait-il parent d'un Sulinor de Tomes[16], ancien marchand d'hommes et contrebandier ? Mon oncle m'en a parlé. Il l'appelle Mango[17].

— Lui-même. Il a été mon second sur les transports de blé lors de mes cinq dernières traversées, quand ça chauffait un peu trop pour lui dans le Pont-Euxin[18]. Mais maintenant il sert dans la marine de guerre... C'est toi qui connais le mieux ton bateau. Où penses-tu qu'on devrait placer les grelins de ceintrage à l'arrière ? »

Le capitaine était en train d'expliquer, lorsqu'un énorme Dacien[19] à face de plat, vêtu de la cuirasse courte de la Flotte, gravit la planche, rouli-roulant, salua avec soin le buste de César placé sur la dunette et demanda le nom du capitaine.

« Baeticus, de préférence », lui fut-il répondu.

Tous trois s'esclaffèrent, car la mer, que Rome arme d'étrangers, efface bien des noms-de-terre.

« J'ai un problème... » commença Baeticus.

Et ils tinrent conseil une heure durant. Baeticus emmena ensuite les deux autres à l'arrière, où on avait installé une tente et disposé des vins accompagnés de fruits et de bonne eau douce.

Ils burent aux dieux de la Mer, du Commerce et de la Bonne Fortune, versant par-dessus bord ces petites coupes. Après quoi, ils se mirent à l'aise.

« Un ceintrage, si on le fait correctement, prend une journée entière, dit l'inspecteur. As-tu une équipe sérieuse disponible pour demain à l'aube, Mango ?

— Mais bien entendu... quand c'est pour toi, le Rouge.

— Je pense au blé », dit Quabil d'un ton sec.

Il était encore trop tôt, à son goût, pour se servir des surnoms.

« Je fournirai à manger, intervint le capitaine espagnol. Et à boire.

— Bon ! Ne me les renvoie pas trop bus ! À propos, (Sulinor leva une coupe remplie à ras bord) où trouves-tu cette liqueur, l'Espagnol ?

— Elle vient de nos Îles (les Baléares). C'est bon ?

— Fameux ! »

Et le gros homme dégrafa son gorgerin en guise de préparation solennelle.

Ils parlaient de leur métier car, même si les deux bouts de la Méditerranée se raillent mutuellement, tous deux s'unissent pour se moquer de la Rome terrienne, cette buse, et de ses fonctionnaires guindés.

Sulinor raconta une anecdote sur le préfet du Port qu'il avait emmené, un jour de vent, à Forum Julii, voir une dame, et sur l'état lamentable dudit préfet en débarquant.

« Oui, ricana Quabil. Rome est la maîtresse du monde... jusqu'au rivage.

— Si César venait un jour patrouiller avec moi, dit Sulinor, il comprendrait peut-être qu'il existe quelque chose qui s'appelle la Flotte.

— Et il y mettrait pour officiers de jeunes Romains bien nés, dit Quabil. Estime-toi heureux qu'on te laisse dans ton coin ! Tu es bien le dernier, toi, à vouloir voir César !

— L'avant-dernier ! » dit Sulinor.

Et il s'esclaffa en même temps que Quabil.

« La plaisanterie m'échappe », dit l'Espagnol.

Sulinor expliqua.

« Lors de notre dernier voyage en commun, on a eu un passager qui voulait voir César. Ça nous a coûté notre bateau et sa cargaison. Voilà tout.

— Était-ce un magicien... un semeur de vent ?

— Non, un simple philosophe juif. Mais il fallait absolument qu'il voie César[20]. C'est ce qu'il disait ; et chemin faisant, il a fait s'échouer l'*Eirene*[21].

— Soyons juste ! dit Quabil. Je n'aime pas les Juifs : ils sont trop proches de ma propre cale, mais si j'ai perdu mon bateau, c'est la faute à César. »

Il se tourna vers Baeticus.

« Voilà deux saisons, il y a eu un édit là-bas, chez nous, à l'autre bout du monde, disant que César souhaitait voir les transports de blé d'Orient ne pas s'arrêter de l'hiver et qu'il garantirait toute perte. Et chez toi, fiston ?

— Non, on n'a rien eu. Par chez nous, tout est engrangé avant septembre. Je parie que César ne vous a rien versé ! Êtes-vous partis très tard ?

— J'ai quitté Alexandrie sous le nez de l'équinoxe[22], plus qu'enfoncé dans la saumure sous un poids de blé d'Égypte (de la fiente de pigeon, à moitié) et le lot habituel de colons grecs accompagnés de leurs femmes. Le lendemain, je me suis fait cueillir par le suroît. J'ai fait du nord vent de travers, le cap sur la côte lycienne, et relâché à Myra[23] en attendant que le vent me laisse reprendre la route normale du blé. »

En bon marin, Quabil entreprit d'illustrer sa traversée à l'aide de noyaux de dates et d'olives qu'il avait pris sur la table.

« Le vent a halé le nord, comme je m'y attendais, et j'ai appareillé. Te rappelles-tu, Mango ? Mes ancres étaient déjà à pic[24] lorsqu'une patrouille lycienne est arrivée dans de grands remous : Rome nous ordonnait d'attendre l'arrivée d'un vaisseau de Sidon ayant à bord des prisonniers et des officiers. Mère de Carthage, si j'ai maudit cette patrouille !

— Faut pas maudire la Flotte romaine ! Ils tiennent bien la mer, ces coureurs lyciens ! Et vites de marche avec ça ! Je les ai eus en chasse après moi... Je n'aurais jamais pensé en commander un, dit Sulinor à mi-voix.

— Et maintenant, jeune homme, j'en viens à mes ponts qui laissaient passer l'eau, eux aussi, dit Quabil dont l'œil sévère se posa sur Baeticus. Notre traite au nord avait fatigué mon navire et j'aurais dû le ceintrer à Myra. Seuls les Dieux savent ce qui m'en a dissuadé ! J'ai fait poser les crampons de chaîne dans la cale à filin pour les prisonniers. J'ai même paré sur le pont les grelins de ceintrage — ce qui a permis de gagner du temps par la suite ; mais la seule chose que j'aurais dû faire, eh bien non ! je ne l'ai pas faite.

— Ainsi l'ont voulu les Dieux ! rit Sulinor. C'est la faute à notre petit philosophe qui voulait voir César de sa propre initiative et à nos frais.

— Et pour quelle raison voulait-il le voir ? demanda Baeticus.

— Pour autant que j'ai compris ce qu'ils m'ont dit, le centenier et lui, il voulait discuter avec César — de philosophie.

— Est-ce donc qu'il était prisonnier ?

— Suspect politique... avec le goût des Juifs pour la chicane, l'interrompit Quabil. Nul ne m'avait ordonné de lui mettre les ceps. Oh ! il était épais comme une crevette, mais... mais il semblait trouver naturel de commander partout. Il mangeait avec nous.

— Et il avait une conversation intéressante, le Rouge ! dit Sulinor.

— C'est ce que, toi, tu pensais. Mais, comme les femmes, il savait faire le caméléon avec ses interlocuteurs. Et donc... comme je disais... »

Suivit un autre cours illustré sur les difficultés qui les assaillirent une fois sortis de Myra. Il y avait toujours trop d'ouest dans les vents d'automne et l'*Eirene* dut louvoyer jusqu'à Cnide[25]. Puis vint une brise du nord qui lui fit traverser les îles égéennes en courant largue, cap sur la pointe de la Crète ; qu'elle arrondit, avant de remonter la côte sud en tirant des bords.

« Une fois de plus on ne faisait que ribomborder[26], comme avant, de Myra à Cnide, dit Quabil amèrement. Je n'osais pas porter au large. J'avais l'ossuaire de tout ce golfe d'Afrique sous le vent. Finalement, à force de manœuvres, nous avons réussi à rejoindre Beaux-Ports — près du bouchon qui se trouve là-bas. C'était déjà bien tard dans la saison, mais s'il n'y avait eu que moi, j'aurais continué. J'étais toutefois tenu de réunir mon conseil du bord afin de savoir si on allait désarmer pour l'hiver. Peut-être que cette loi rhodienne convenait aux embarcations non pontées et aux caboteurs-cocorico*, mais pour la navigation hauturière, c'est puéril.

— Moi je ne veux pas de ça à mon bord, déclara calmement Baeticus. Ce sont les poltrons qui décident et le capitaine qui prend. »

Quabil le gratifia d'un regard appuyé. Sulinor profita de la pause.

« Nous étions au port, tu comprends. Alors voilà

---

* Quabil faisait allusion aux caboteurs qui se guidaient au chant des coqs sur les plages qu'ils longeaient. C'est là une insulte presque aussi vieille que la Voile (N.d.A.).

nos Grecs qui sortent sur le pont en se bousculant à qui mieux mieux ; et ils ont voté : ils voulaient qu'on reste sur place. Il m'incombait de leur montrer que le site était exposé à trente-six vents et que, si le vent venait à se lever, on serait drossé à la côte.

— Puis, à mon tour, intervint Quabil avec un grand sourire intimidant, je leur ai conseillé de pousser jusqu'à Phénix, de l'autre côté de la pointe, à quarante milles seulement en coupant à travers la baie. Mon idée était que, si je pouvais y faire ceintrer l'*Eirene*, je pourrais plus tard les... euh... convaincre en douceur de repartir par vent favorable et toucher la Sicile. Mais priorité au ceintrage ! L'*Eirene* commençait à se faire trop bavarde... comme moi en ce moment. »

Sulinor frictionna son poignet avec son autre main.

« C'était une dure à cuire, une cogneuse, par n'importe quelle mer, murmura-t-il.

— Elle pouvait serrer le vent à moins de six quarts ! » risposta Quabil.

Et il s'empressa de poursuivre :

« D'où vient que Paul ait voté comme ces Grecs ? Il disait que si nous quittions le port, nous le regretterions.

— Tous les passagers disent ça au premier seau d'eau qu'on embarque », commenta Baeticus.

Sulinor se reversa à boire et regarda les deux autres, avec une candeur d'enfant, par-dessus le bord de sa coupe, avant de la reposer.

« Pas Paul. Il ne connaissait pas la peur. Un jour il m'a rendu la monnaie de ma pièce. On descendait à travers les îles ; c'était le quart du matin. Nous avions parlé de la coupe de notre hunier — Paul avait raison : la voile avait tendance à déventer — ; puis il est allé se laver avant de prier. Je lui ai dit : ‘‘Vous avez l’air d’avoir à la fois les deux bouts et le balant de toutes choses, ou presque, bien lovés dans votre petite tête, Paul. Si la question n’est pas indiscrète, on peut vous demander ce que vous faites dans la vie ?’’ Et il a dit : ‘‘J’ai été chasseur d’hommes — les Dieux me pardonnent ! Et à présent que je pense que le Dieu unique m’a pardonné, je suis redevenu chasseur d’hommes.’’ Ensuite il a tiré sa chemise jusque sur sa tête et j’ai vu son dos. Et toi, Quabil, l’as-tu vu, son dos ?

— J’imagine que oui — le dernier matin, quand on s’est tous décapelés ; mais je ne me rappelle pas.

— Eh bien moi, je ne l’oublierai jamais ! Du beau travail de licteur[27] et de fustigation juive ! Ça s’entrecroisait : on aurait dit des caillebotis ! Et un ou deux coups de poignard, en prime ! Et de vieilles morsures séchées, par-dessus le marché — quand les bêtes vous ont croché et qu’elles vous déchirent les chairs. Signe qu’il avait dû avoir affaire à elles. Bref, je ne sais pas ce qu’il avait fait, mais il avait payé sa dette. J’étais en train de me demander quel crime il avait bien pu commettre, lorsqu’il a dit : ‘‘Non. Pas la même chasse à l’homme que toi.’’ ‘‘Ça vous regarde, j’ai dit, mais moi, avec un dos pareil, je n’aurais pas très envie de voir César. J’aurais l’impression de me jeter dans la gueule des bêtes.’’ ‘‘Et il est bien possible en effet que ce soit là que je finisse’’, a-t-il dit et il a commencé à s’asperger copieusement… Après quoi… Tiens ! elles sont de sortie de bonne heure aujourd’hui ! Ah oui ! je me rappelle ! »

On entendait de la musique plus loin sur le

quai et un canot tout pavoisé prit la mer, plein d'Arlésiennes. On déhalait[28] une trirème à long bec hors d'une cale, jusqu'à temps que ses trompettes avertissent les bancs[29] d'empoigner les rames. Cependant qu'ils souquaient[30], le *hrmph hrmph* des avirons dans les dames de nage[31] fit penser Sulinor (c'est ce qu'il a dit) à un éléphant qui choisit sa victime au cirque.

« On la remâtait ici. Ils n'ont pas de bon bois d'œuvre à Forum Julii, expliqua Quabil à Baeticus. Elles chantent pour fêter sa sortie du chantier. »

La chaloupe vint se ranger le long du bord de la trirème et les rameurs endurèrent[32], tandis qu'une voix de jeune fille retentit sur l'eau calme du port, tel un cadran solaire :

À courir sur les mers, qu'il n'y eût jamais eu
Voile rapide ! Et jamais ces yeux n'auraient vu
Ni pleuré leur amour.
Du bord de l'océan il était apparu.
Au bout de l'horizon le voici disparu.
Jusqu'à mon dernier jour
Je porterai le deuil de mon bel inconnu.

« On les croirait presque ! dit Baeticus plus ou moins à part soi.

— En voilà une jolie perche[33] ! » déclara Quabil tandis que le vaisseau de guerre détachait l'île située en travers du port. « Mais son mât a dix pieds de trop ! Une trirème n'est qu'une cage à serin.

— Dieux merci, je ne suis pas en train de chanter dans l'une de ces cages à cette heure ! » marmonna Sulinor.

Ils entendirent le jappement d'un banc de rameurs

dont on accélérait la cadence, jusqu'au coup bref et sec de la nage en mer.

« Ce serait bien s'il y avait un moyen d'empêcher les grands mâts de se fendre. »

Et Baeticus leva les yeux sur le sien et ses bracelets de fils de cuivre.

« Raison de plus de ceintrer, mon fils ! dit Quabil. Moi aussi, je me préparais au ceintrage ce matin-là à Beaux-Ports. Te rappelles-tu, Sulinor ? J'avais ordonné de vérifier l'état des grelins la veille au soir. C'est ma faute ! Il ne faut jamais remettre au lendemain. Les Dieux entendent. Puis, du sud, s'est levée une brise, d'une douceur de lait. Nous n'avions qu'à contourner le promontoire et filer jusqu'à Phénix — pour être à l'abri. »

Baeticus esquissa un geste. Quabil s'en aperçut, car il s'arrêta de parler.

« Mon père, s'excusa le jeune homme en ouvrant les paumes de ses mains, ce vent trompeur n'est-il pas l'appel d'air du mont Ida ? Il naît avec le soleil, mais plus tard dans la journée...

— Ne m'en parle pas ! Nous avons doublé le cap ; sur nos ponts, c'était la pagaille (nous n'étions qu'à une demi-journée du but) et, soudain, du sein de l'Ida le nordet nous est tombé dessus en grand ! Si on a fui ? Nous n'avions pas le choix ! J'avais besoin d'un abri afin de remettre de l'ordre. Clauda se situait à quelques milles sous le vent ; mais ma vieille dame étalerait[34]-elle une fois là-bas ? Je n'en savais trop rien.

— Eh bien si ! »

Sulinor se frotta de nouveau les poignets.

« Nous remorquions notre chaloupe à moitié pleine. Si j'ai gouverné ce jour-là !

— Qu'aviez-vous comme toile ? interrogea Baeticus.

— Trois fois rien... et deux fois trop encore ! Mais l'*Eirene* a viré quand Sulinor le lui a demandé et on l'a tenue à la cape[35] sous le vent de l'île. J'ai dit, n'est-ce pas ? que mes grelins de ceintrage étaient parés ? »

Baeticus hocha la tête. Quabil se plongea à corps perdu dans sa campagne, sans rien omettre des échappatoires et autres manœuvres qu'il avait employées.

« On y voyait à peine, conclut-il, mais je n'osais pas bâcler le travail. Nous avons alors ramené notre chaloupe contre le flanc de l'*Eirene*, nous l'avons écopée, nous avons sué sang et eau pour la hisser à bord, où nous l'avons amarrée. Tu aurais dû voir nos ponts !

— Était-ce la panique ? demanda Baeticus.

— Un peu. Mais les fouets sont sortis de bonne heure. Le centenier — Julius — nous a prêté ses soldats.

— Et quel a été le comportement de vos prisonniers ? » continua le jeune homme.

C'est Sulinor qui lui répondit.

« Même quand on se trouve embarqué pour le cirque et les bêtes, on n'aime pas se noyer les fers aux pieds. Ils ont essayé d'arracher de la membrure les crampons des chaînes.

— J'ai fait amener[36] la grand-vergue sur le pont, (c'est Quabil qui parlait) ce qui a un peu soulagé le bateau. Ils ont arrêté de hurler au bout d'un moment, pas vrai ?

— Oui, répondit Sulinor. Paul est descendu leur dire qu'il n'y avait pas de danger. Et ils l'ont cru ! Ces scélérats l'ont cru ! Il m'a demandé les clés des barres de justice[37] pour soulager les hommes. “Je suis déjà passé par là, moi, a-t-il dit, mais pour ceux d’en bas, c’est la première fois. Donnez-moi les clés !” Je lui ai dit que je n’avais pas reçu l’ordre de lui donner quelque clé que ce soit et je lui ai recommandé de se garnir la cale pour huit jours, parce que notre sort était désormais entre les mains des Dieux. “Je voudrais bien savoir quand il en est autrement”, dit-il. Il me regardait comme un vieux gouyot[38] qui flâne juste à l’arrière de la lisse par gros temps. Tu connais ce regard, l’Espagnol ?

— Et comment !

— Entre-temps, (Quabil reprit l’initiative) on avait dérivé, on n’était plus sous le vent de Clauda et notre seul espoir était de fuir devant le temps[39], en espérant qu’on n’embarque pas une lame par l’arrière. Néanmoins, avec un peu de chance, j’aurais pu atteindre la Sicile. Dans le genre coup de bran, j’ai connu pire, mais le vent n’a pas changé d’un quart, comprends-tu ? On était poussés, fouaillés, comme un bœuf fatigué.

— Vu quelque chose ? demanda Baeticus.

— En dix jours, rien !

— Tu veux dire deux semaines, oui ! corrigea Sulinor. Nous avons fait le vide sur les ponts, pour n’y garder que nos apparaux de mouillage et on a posté six hommes aux gouvernails. Le navire paraissait répondre à la barre... parfois. En tout cas, moi, je n’ai pas eu froid.

— Comment votre philosophe a-t-il pris la chose ?

— Comme le gouyot dont je t’ai parlé. Il était là, sans l’être. Toi, Quabil, tu ne l’as jamais beaucoup apprécié, n’est-ce pas ?

— J’avoue ! J’ai fini par avoir peur. Ce n’était

pas mon rôle d'avoir peur, mais j'avais peur quand même. Lui, non, alors que je savais qu'il connaissait le danger tout autant que moi. Quand il a vu qu'essayer de me... euh... remonter le moral m'énervait, il a arrêté. Comme une femme, je vous dis ! Toi, Mango, tu l'as fréquenté davantage ?

— Oui, beaucoup plus. Quand j'étais aux gouvernails, il venait au poste par les échelles du pont inférieur, qui montaient et descendaient d'un pied à chaque fois et les couples gémissaient comme des hommes labourés par les bêtes. On discutait, cramponnés, jusqu'à temps qu'un coup de roulis nous jette contre les dalots[40]. Puis on reprenait la discussion. De quoi discutions-nous ? Oh ! de rois et de cités, des dieux et de César. Il était convaincu qu'il verrait César. Je lui ai dit que j'avais remarqué que les gens qui cassaient les pieds à Ceux de Là-Haut (Sulinor indiqua du pouce la tente) se voyaient le plus souvent convoqués d'urgence.

— N'étais-tu pas assez malin pour voir qu'il se fichait pas mal de toi et qu'il voulait seulement tirer profit de ta personne ? lança Quabil d'un ton cassant.

— C'est vrai de la plupart des Juifs... et de tous les Sidoniens ! ricana Sulinor. Mais je te demande bien quel profit il aurait pu espérer tirer de qui que ce soit ? Nous courions tous à notre perte. C'est toi-même qui l'as dit, le Rouge.

— Seulement quand j'étais au creux de la vague. Autrement je savais pertinemment qu'avec un minimum de chance j'aurais pu atteindre la Sicile ! Mais j'ai baissé les bras... nous avons baissé les bras. Oui, nous nous sommes préparés... toi y compris... à la Prière humide.

— Et comment se récite-t-elle par chez vous ? » demanda Baeticus.

Car tous les hommes sont curieux dès qu'il s'agit du lit de noces de la Mort.

« Chez nous, gens du Fleuve, dit Sulinor le premier, on dit : "Je dors. Bientôt je rame de nouveau."

— Ah bon ? Chez nous on s'écrie : "Dieux ! jugez-moi non pas en dieu mais en homme qu'a brisé l'Océan !" »

Baeticus regarda Quabil, qui répondit en levant sa coupe.

« Nous, à Sidon, on dit : "Mère de Carthage, je rends mon aviron !" Mais ça revient au même au bout du compte. »

Il essuya sa barbe et Sulinor en profita pour lui prendre la parole :

« Oui, nous étions à un poil de la Prière lorsque — te rappelles-tu, Quabil ? — notre homme se hisse en s'agrippant comme un singe jusqu'en haut des échelles et dit : "À quoi bon invoquer ce qui n'existe pas ? Mon Dieu m'assure que je verrai César. Et, par-dessus le marché, il m'a garanti que vous serez tous sains et saufs ! Écoutez-moi ! Personne ne perdra la vie !" Et Quabil a dit : "Et mon navire ?" »

Sulinor ricana de nouveau.

« C'est vrai. J'avais oublié ces faillis passagers, confirma Quabil. Mais, à l'entendre, on aurait dit que mon *Eirene* était un panier à figues. "De toute façon, votre navire fera côte[41] quelque part, a-t-il dit,' mais personne ne perdra la vie. Croyez-moi, qui suis le serviteur du Dieu unique !" Il était fou ! Fou comme un magicien un jour de marché !

— Non, dit Sulinor. Les fous voient des ports paisibles et des ripailles. J'ai déjà eu à en... calmer.

— Après tout, dit Quabil, il ne faisait qu'exprimer tout haut ce qui me trottait dans la tête depuis un bon bout de temps. Je n'avais aucun moyen d'apprécier notre dérive, mais il était vraisemblable qu'on tosse[42] sur quelque chose quelque part. Puis il est parti répandre ses boniments de cuisine parmi l'équipage. Ça ne faisait de mal à personne, sinon j'y aurais mis un terme. »

Sulinor toussa et dit, d'une voix traînante :

« Je ne vois pas qui aurait pu empêcher Paul de faire ce qu'il pensait être de son devoir de faire. Mais curieusement, à la relève de quart, j'ai...

— Pas toi ! Moi ! dit Quabil.

— Si tu veux, le Rouge ! À nous deux, quoi, on a senti que la mer avait changé : sa danse s'était faite plus vive, plus courte, plus leste. Bref, tu me comprends, l'Espagnol ! Et alors... je dois dire que, pour un homme à moitié mort, Quabil ici présent s'est plutôt défendu.

— J'ai été matelot avant d'être capitaine et je n'en ai pas honte ! Je suis allé donner un coup de sonde. (Il faisait noir comme dans un four et il pleuvait des épissoirs[43].) Le premier coup de sonde m'a averti et j'ai dit à Sulinor de tout dégager à l'arrière en vue de mouiller par la poupe. Le deuxième coup — le fond diminuait comme dans une cale de halage — m'a fait revenir avec l'équipage au complet et nous avons largué les deux ancres de bossoir[44] et celle de réserve et le câble de touée[45].

— Parti comme il était, il aurait également pris l'ancre à jet[46], mais je l'ai arrêté, dit Sulinor.

— Moi, c'est le navire qu'il fallait que j'arrête ! Les ancres ont failli lui arracher la poupe, mais elles ont tenu. Et de tous côtés, à mes oreilles ou à mes yeux fouillant l'obscurité, ce n'était que déferlantes ou le bruit de la mer déchaînée s'écrasant contre des falaises. Nous étions pris au piège ! Mais notre monde depuis dix jours n'avait rien mangé ; ils étaient trempés jusqu'aux os et à moitié assommés, et à présent ils se trouvaient à proximité d'une plage. Il ne leur en fallait pas davantage ; ils voulaient absolument débarquer tout de suite. Et allais-je les laisser se noyer à portée du salut ? Tu as demandé s'il y avait eu panique ? J'ai parlé à Julius, et ses soldats (rendons justice à Rome !) les ont dressés jusqu'à temps que je puisse m'entendre de nouveau commander. Mais au baiser de l'aube, certains matelots ont dit que Sulinor leur avait ordonné d'élonger[47] l'ancre à jet dans la chaloupe.

— Je les ai laissés affaler[48] la chaloupe, avoua Sulinor ; je voulais qu'ils servent d'avertissement. Mais Paul m'a dit que son Dieu lui avait promis de les épargner autant que nous et qu'un seul sacrifice égoïste gâcherait tout. Aussi, dès que la chaloupe a touché l'eau, ai-je coupé le cordage avant que quiconque puisse monter à bord. Dix minutes plus tard, elle faisait côte — défoncée.

— Aviez-vous à présent découvert où vous étiez ? demanda Baeticus à Quabil.

— Dès que j'ai vu les gens sur la plage... oui. On est cousins... quelque peu éloignés. Ils ont du sang phénicien dans les veines. C'était Malte — à un seul jour de voile de Syracuse, où j'aurais été hors de danger ! Oui, Malte et mon blé en soupe ! Le port idéal où boire un bouillon, non ? »

Ils sourirent, parce que Melita peut vouloir dire « bouillie » aussi bien que « Malte ».

« Les eaux en étaient troublées tout autour de

nous, alors que j'essayais de m'orienter. Mais mes paupières étaient toutes collées à cause du sel et j'avais le hoquet des ivrognes.

— Et ivre, tu l'étais superbement, le Rouge, une demi-heure plus tard !

— Les Dieux soient loués... ainsi que, pour une fois, ton chouchou de Paul ! Ce petit homme est venu me voir aux bittes d'amarrage à l'avant, rengorgé comme un pigeon, et il a tiré de sa poitrine du pain et du poisson salé en quantité, et du vin — du bon vin nouveau. "Mangez !, a-t-il dit, et faites manger tout votre monde ! Il ne leur arrivera rien hormis de se faire asperger encore une fois. Ils ne s'en apercevront même pas, une fois qu'ils auront le ventre plein. Et ne vous frappez pas, vous non plus, pour ce que vous avez à faire ! a-t-il dit. Aujourd'hui vous êtes condamné à tout faire correctement. Vous m'êtes promis." Après quoi, il est parti voir Sulinor.

— Oui. Il est venu me voir avec du pain, du vin et du lard -- un régal ! Mais d'abord il a prononcé quelques mots en regardant ce qu'il me donnait, puis il s'est frotté les mains sur ses manches mouillées. Je lui ai demandé s'il était magicien. "Les Dieux m'en gardent ! a-t-il dit. Je suis une si pauvre âme que le contact du cochon mort me répugne." Étant juif, il était normal qu'il n'aime pas le porc, évidemment. Dis-moi, le Rouge, était-ce avant que notre monde fasse effraction dans la cambuse[49], ou après ?

— Comme si j'avais le temps de m'occuper d'eux ! grommela Quabil. Je sais qu'ils ont pillé mes vivres, à pleines mains, avec double ration de vin par-dessus ! Mais nous en avons tous pris...

copieusement. Or voici quelle était la position du navire. »

D'un doigt mouillé de vin, Quabil traça sur la table une boucle en zigzags.

« Des récifs — regarde, mon fils ! — et des brisants ici, sous le vent ; là, à notre droite, quelque chose qui s'avançait comme une pointe ; et, en face, la panse aveugle d'une baie martelée par des lames cyclopéennes. C'était un miracle qu'on y soit entrés. Notre seule chance de salut, c'était de nous échouer à la plage ; entre-temps, le navire s'enfonçait, comme s'affaisse un chameau fatigué. Tout pied que je pouvais gagner en l'allégeant signifait qu'il serait d'autant plus près du rivage au moment de se poser sur le fond. J'en ai parlé à Julius. Il a compris : ''Je maintiendrai l'ordre, a-t-il dit. Faites vider le blé par les passagers tant que vous le jugerez faisable !''

— Ces négociants d'Alexandrie ont-ils vraiment travaillé ? demanda Baeticus.

— Je n'ai jamais vu décharger cargaison aussi vite ! Il était temps. Le vent mollissait et ne soufflait plus que par rafales, la pluie rabattait la houle. J'ai relevé un bout de plage qui paraissait moins assassin que le reste de l'arène et j'ai décidé d'y foncer sous le tourmentin[50] en profitant d'une rafale — et si le navire répondait à la barre avant de rendre l'âme — de le laisser un tantinet porter à tribord, où l'eau semblait meilleure. J'ai étayé le mât de misaine, bordé la voile de l'avant à l'arrière, comme si on allait aborder, j'ai dit à Sulinor de faire descendre les gouvernails dès l'instant où il aurait coupé les câbles ; j'ai attendu la première rafale, débordé la livarde sous le vent et foncé ! »

Sulinor s'empressa de continuer :

« J'avais deux hommes postés, la hache à la main, sur chaque câble de mouillage, et un autre sur chaque amarres de gouvernail, et crois-moi ! quand le sifflet de Quabil a retenti, les deux pelles étaient descendues et orientées avant même que le bout des câbles ait disparu dans l'eau en sifflant ! Le navire a bondi comme une vache que quelque chose a piqué ! Il a foncé. Fendu l'eau. Je crois que la houle l'a soulevé avant de le dépasser. Alors il est retombé et il a talonné[51]. L'arrière s'est détaché sous mes orteils et toute sa ventraille, de ce bout-là, s'est vidée comme celle d'un homme éventré par un lion. J'ai bondi à l'avant et dit à Quabil qu'il n'y avait plus que du petit bois à l'arrière de l'écoutille de la hanche et il a crié : ''Peu importe ! Tu as vu ! je l'ai posé en beauté !''

— C'était vrai. Ce que j'avais pris pour une pointe à tribord, vois-tu ? s'avéra être quasiment une petite presqu'île, avec un fort tourbillon de mer entre elle et la terre. Et l'élan des courants à leur point de rencontre, au moment même où le navire fonçait, lui avait donné un coussin d'une demi-brasse sur lequel s'appuyer. J'avais vu pile !

— Moi, je te dis, c'est la faveur des Dieux ! Ensuite nous avons commencé à évacuer vite fait tout notre monde par la proue, avant que le navire s'ouvre. Tu reconnaîtras que là, Paul nous a bien aidés, le Rouge ?

— Je pense qu'il s'en est assez bien tiré avec le troupeau des poulies de retour[52] ; mais il aurait dû se mettre avec sa bande.

— Ça aussi, il l'a fait, répondit Sulinor. Je ne sais quel abruti de sous-officier avait découvert que les prisonniers devaient être mis à mort si on pensait qu'ils allaient s'échapper ; et c'est le lieu et le moment qu'il a choisis pour en faire part à Julius — l'épée tirée ! Imagine un peu ! Avec le genre de ponts qu'on avait, pourchasser une centaine de prisonniers qu'on veut tuer ! Ç'aurait été pire que les bêtes !

— Mais Julius a vu... Julius l'a vu, dit Quabil non sans humeur. Je l'ai entendu dire à ce crétin de réfléchir un instant. Les prisonniers ne pouvaient s'échapper plus loin que la plage.

— Et comment votre philosophe a-t-il pris la chose cette fois-ci ? demanda Baeticus.

— Comme d'habitude, répondit Sulinor. Mais, vois-tu ? nous mangions au même plat depuis des semaines et, sur le Fleuve, cela crée des liens d'obligation entre deux hommes.

— Chez moi aussi, dit Baeticus d'un ton rogue.

— Et donc j'ai dégainé mon poignard — au cas où il y aurait eu discussion. Avec moi, le fer attire toujours le fer. Mais lui, il a dit : "Rengaine ! Ils ont un peu peur." J'ai dit : "Pas toi ?" "Comment ? a-t-il dit. D'être tué, veux-tu dire ? Non. Rien ne peut m'arriver avant que j'aie vu César." Puis il a continué à aider les hommes enchaînés à garder leur équilibre (il y en avait qui étaient fous furieux), jusqu'à ce qu'il soit temps de les désentraver cinq par cinq et de leur donner leur chance. Les habitants ont fait la chaîne dans les vagues et les ont arrachés aux flots, avec de l'eau jusqu'à la poitrine.

— Et pas un n'a péri ! C'était comme si on était descendu d'un débarcadère, affirma Quabil.

— Pas tout à fait quand même. Mais il avait promis que personne ne se noierait.

— Et comment auraient-ils pu se noyer, dis-moi ! — vu la façon dont j'avais posé mon bateau — en combinant rafale, houle et ressac ?

— Et avez-vu pu sauveter quoi que ce soit de l'épave ?

— Ni bout de bois ni bout de ligne, mon fils ! On a pourtant eu le temps de chercher : nous sommes restés sur l'île jusqu'au départ du premier navire de printemps pour Port-de-Rome. Ils n'avaient pas encore terminé, cette année-là, l'estacade d'Ostie.

— Et bien entendu César vous a remboursé votre navire ?

— Je n'ai même pas demandé. J'ai vu que cela ne servirait à rien ; et Julius, qui connaissait Rome, était contre tout appel aux autorités. Il a dit que c'était là l'erreur de Paul. Et j'imagine que comme je ne les ai pas enquiquinés et que je connaissais un peu la mer, ils m'ont confié l'inspection du port ici. Ça ne rapporte pas — au cas où j'aurais besoin d'argent. C'est fini pour le port de Marseille : Narbonne l'a ruiné une fois pour toutes.

— Mais Marseille, c'est loin de la côte libanaise, suggéra Baeticus.

— Plus c'est loin, mieux c'est ! J'ai perdu mon garçon il y a trois ans dans le Golfe impur, au large de Bérénice[53], avec l'escadre d'Orient. D'ailleurs, il te ressemblait passablement, au niveau des yeux. Toi et tes singes circoncis !

— Mais... illustrissime ! mon maître ! amiral !... mon père... comment aurais-je deviné ? »

Le jeune homme se pencha vers son aîné comme s'il allait lui baiser le genou. La main de Quabil partit comme pour le calotter, mais elle vint se poser en douceur sur la tête courbée.

« Non ! Assieds-toi, petit gars ! Rassieds-toi ! C'est exactement le genre de propos que le Petit aurait lui-même tenus. Tu n'as pas entendu, Sulinor ?

— Je me suis douté que la ressemblance avait joué, dès l'instant où mes yeux se sont posés sur lui. Ce n'est pas tous les jours que tu te mets en quatre pour aider des canards boiteux.

— Tu vois bien toi-même que son navire a besoin d'un ceintrage, Mango !

— Le rafiot de Tyr aussi, le mois passé ! Et tu leur as dit qu'ils pouvaient étaler jusqu'à Narbonne ou couler bas, pour ce que tu en avais à faire ! Mais il aura son équipe demain, le Rouge. »

Baeticus renouvela ses remerciements. L'homme du Fleuve l'interrompit :

« Faveur des Dieux ! dit-il. Voilà cinq ans... quatre ans... j'aurais peut-être été en train de t'attendre dans un coin de la Longue Flaque avec cinquante hommes du Fleuve... par une nuit sans lune. »

Baeticus leva un œil embué sur les crocs à échappement fixés en bout de vergue, capables, au moindre signal, de hisser et de larguer des poids.

— Tu aurais pu avoir tes bancs percés par une ou deux gueuses de lest au moment de venir bord à bord, dit-il d'un air rêveur.

— Et où auraient donc été mes filets d'abordage ? gloussa Sulinor.

— En train de flamber... à cinquante pas de distance ! À quoi servent les flèches incendiaires ?

— À grésiller et à empuantir l'atmosphère sur mes blindages de goémon humide. Tu repasseras. »

Ils se défiaient du doigt comme les petits parieurs qui se disputaient des noyaux d'olive sur le quai à côté d'eux.

« Allez ! vas-y, mon fils ! ne laisse pas ce pirate t'aborder ! » s'écria Quabil.

Le poignet droit de Baeticus décrivit un souple moulinet.

« Auquel cas, riposta-t-il, je me serais rabattu sur mes frères de lait — les hommes des îles, les cavaliers de mon père. »

Sulinor leva une main, paume en l'air.

« À toi les noix[54] ! dit-il. Dis-moi, est-il exact que tes démons de frondeurs baléares savent faire virer un taureau en le touchant aux cornes ?

— Oui, celle qu'on veut, au choix ! Mon père a une ferme aux environs de la Nouvelle-Carthage. L'été, ils quittent leurs îles pour venir travailler chez nous. J'en ai dix à présent au sein de mon équipage. »

Sulinor eut le hoquet et croisa les mains sur son ventre à la façon d'un juge.

« Et c'est très bien. Il faut absolument réprimer la piraterie. Rome le dit. Et je le fais, ajouta-t-il.

— Je vois, dit le jeune homme avec un sourire. Mais dites-moi, pourquoi avez-vous quitté le trafic d'esc... le commerce du Pont-Euxin, ô Strategos ?

— La mer là-bas ressemble trop à une outre à vin : elle n'a qu'un goulot. Et le mien commençait à me faire mal... Alors je suis passé sur le circuit d'Égypte, avec Quabil ici présent.

— Mais pourquoi s'engager dans la Flotte ? Le blé doit rapporter davantage, non ?

— C'est ce que j'avais prévu. Mais j'ai eu la dysenterie à Malte cet hiver-là et Paul s'est occupé de moi.

— Trop de marmonnements et d'impositions des mains, à mon goût », dit Quabil, qui marmonna lui-même dans sa barbe à propos de tours de passe-passe thessaliens, avec serpent, sur l'île[55].

« Ce n'est pas toi qui étais malade, Quabil. Alors que je commençais à me remettre et un jour que Paul était en train de me laver, il m'a demandé si j'étais en règle, question citoyenneté. Lui-même l'avait. Moi, j'étais en règle, sans l'être. En qualité de second d'un transport de blé, j'étais d'office citoyen romain — pour signer les notes, etc. Mais sur la plage, une fois mon bateau détruit, il a dit que je reprenais mon shta... mon statut de Dash... de Dacien extra-provinch... provincial, né de mère schy... scythe, je crois bien qu'elle était. Pas commode ! Quand quelqu'un est recherché, toute la Mer du Milieu en retentit, on se croirait aux bains publics ! »

Sulinor allongea de nouveau le bras et éclusa. Le vin avait enfin touché son énorme carcasse.

« Mais, comme je disais, une fois qu'on est entré dans la Flotte, dorénavant on est Romain à part entière — et on n'a plus besoin d'attendre vingt ans ses papiers. Et Paul m'a dit : ''Engage-toi au service de César ! La tienne n'est pas de la toile que je peux tailler profitablement pour le moment. Mais si tu entres au service de César, au moins obéiras-tu à une forme de loi.'' À l'entendre, on m'aurait pris pour un barbare ! Tout affaibli que j'étais, j'aurais pu lui casser le dos à mains nues. Je le lui ai dit. ''Je n'en doute pas, a-t-il dit. Mais là n'est pas la question. Si tu te places sous la protection de César en mer, tu auras peut-être le temps de réfléchir. Peut-être alors nous reverrons-nous et pourrons-nous reprendre nos discussions. Mais cela dépend de la volonté du Dieu. Ce qui t'importe pour l'heure, c'est que ton engagement t'affranchira de la peur qui t'a hanté toute ta vie.''

— Disait-il vrai ? demanda Baeticus après une pause.

— Oui. Je ne lui en avais jamais parlé, et pourtant il savait. Il savait, lui ! Le feu... l'épée... la mer... même la torture... on n'y pense pas trop souvent encore. Mais pas les bêtes ! Ça, non ! Surtout pas les bêtes ! Je me suis battu à mort avec deux loups sur un banc de sable quand j'étais gamin. Regardez ! »

Sulinor découvrit son cou et sa poitrine.

« Un jour, quelque part, les gens ont lâché les chiens sur Paul — à cause de sa philosophie ! Et il allait voir César — il allait voir César ! Et il m'avait... il m'avait lavé, nettoyé, après ma dysenterie !

— Mère de Carthage ! tu ne m'avais jamais dit ça ! dit Quabil.

— Et je ne te l'aurais pas dit aujourd'hui non plus, si le vin avait été moins fort. »

En amateur

Comme l'astronomie rapporte encore moins que l'architecture, heureusement pour Harries qu'un oncle à lui eût acheté un jour un désert en un pays lointain, qui s'avéra recouvrir du pétrole. Il en résulta pour Harries, son unique neveu, un investissement de plus d'un million de livres sterling, auxquelles s'ajoutaient tous les ans des royalties.

Une fois l'affaire réglée par les exécuteurs testamentaires de son oncle, Harries, qui aurait pu répondre au titre d'attaché (à titre presque gracieux) près l'observatoire Washe, invita au restaurant trois hommes, dont il avait pu apprécier la valeur sous les lunes hostiles et aveuglantes du No Man's Land.

Vaughan, chirurgien à St Peggotty, essayait de se monter un cabinet aux alentours de la rue Sloane*. Loftie, médecin légiste, qui commençait

---

* Rue du beau quartier de Chelsea à Londres, entre les jardins de Kensington et la Tamise (N.d.T.).

à se faire connaître, était (car il avait épousé la fille instable de l'une de ses anciennes logeuses londoniennes) conseiller en bactériologie auprès d'un ministère, à raison de cinq cent soixante-dix livres par an, avec un jour peut-être droit à la retraite. Ackerman, qui venait lui aussi de St Peggotty, avait hérité de quelques centaines de livres de rente juste après l'obtention de son diplôme de médecine et avait en conséquence renoncé à toute activité digne de ce nom, hormis la gastronomie et les arts associés.

Vaughan et Loftie étaient au courant de la bonne fortune d'Harries, dont ce dernier rendit compte en détail lors du dîner, précisant ce que serait, au bas mot, son revenu.

« Et maintenant "P'tit-Clou" va vous expliquer », dit-il.

Ackerman se fit tout petit dans son fauteuil, comme si ç'avait été le trou d'obus d'où il avait naguère commandé leur repli.

« Nous nous connaissons passablement bien, commença-t-il. Je crois que nous nous sommes vus assez souvent, tous les quatre, dénudés jusqu'à l'os et au dernier atome. On n'a pas besoin de se camoufler. D'accord ? Vous êtes toujours à parler de ce que vous feriez si vous pouviez vivre de vos rentes. Avez-vous changé d'avis ?

— Moi pas » , dit Vaughan, dont le rêve maintes fois exposé était d'avoir sa propre clinique aux alentours de la rue Sloane.

Il avait déjà repéré la maison idéale.

« Si vous croyez que je continuerai à faire l'égoutier s'il n'y avait pas la retraite... », dit Loftie.

Depuis le jour où, à l'âge de vingt-deux ans, il

avait lui-même détruit son bonheur personnel, il se consacrait corps et âme à la recherche.

« Alors ne te gêne pas ! dit Ackerman. Prends trois millions...

— Une seconde ! l'interrompit Harries d'une voix plaintive. J'ai dit "à hauteur de cinq".

— Excuse-moi, mon vieux ! Je visais la commission... Prends à Harries jusqu'à cinq millions par an pour tout le temps que tu voudras... à vie, si le cœur t'en dit... et fais ta recherche toi-même, Loftie, et...oui... préviens le Taureau si tu tombes un jour par hasard sur une trouvaille. C'est bien ça l'idée, non ?

— En partie. »

Harries se redressa un peu sur son siège.

« On a le droit d'utiliser aussi le télescope, n'est-ce pas ? et pas seulement le microscope. Eh bien... j'ai quelques idées que j'ai envie de vérifier. Cela implique d'ouvrir l'œil et... de consigner dans le journal de bord l'heure exacte à laquelle se produisent certains phénomènes.

— C'est ce que tu as dit la nuit où tu as fait ta conférence d'astrologie à toute notre compagnie, quand on se trouvait du côté d'Arras. Fais-tu allusion aux "influences astrales" ? »

Loftie s'exprima avec tout le mépris du savant.

« Ce n'est pas ma conférence, dit Harries en rougissant ; c'est ma gageure. Nul ne sait sur quel système est branchée la fichue dynamo de notre univers, mais on sait qu'on est entourés de toutes sortes d'"ondes", comme on dit. Avant, on parlait d'"influences".

— Comme Vénus, le Cancer et compagnie ? interrogea Vaughan.

— Oui... si tu veux. Je désire que Vaughan ouvre

sa clinique et me donne l'occasion de temps à autre de tester mes idées. Non ! il ne s'agit pas de jouer les guérisseurs ! Loftie peut bombarder de radium ses cellules et ses tissus autant qu'il lui plaît. Mais...

— Nous n'en sommes encore qu'au seuil du radium ! lança Loftie d'un ton cassant.

— Tu as donc encore le temps de faire demi-tour ! lui répondit ce blasphémateur d'Harries. Le radium est un *post hoc* et non un *propter**. Je veux simplement que tu observes certaines de tes cultures cellulaires vingt-quatre heures sur vingt-quatre. Je ne te demande pas de réfléchir, mais d'ob-ser-ver... et de relever l'heure de tout changement que tu vois.

— Ou que j'imagine ? compléta Loftie.

— Tu as tout compris ! C'est d'imagination que nous avons besoin. Cette "réflexion" rigide retarde la recherche. Tu m'as dit toi-même, l'autre soir, qu'on finissait par ne plus avancer, à force de ne plus s'occuper que de technique, conclut Harries.

— Tu vas trop loin. Nous sommes au seuil de grandes découvertes.

— Tant mieux ! Prends l'argent et vas-y ! Songe à ton labo, le Lofté ! Des étuves, des filtres, des stérilisateurs, des chambres froides... tout ce que tu souhaites acheter sur ta part de budget !

— J'ai apporté le dernier catalogue de chez Schermoltz. Peut-être auras-tu envie de le regarder, plus tard. »

Ackerman plaça la brochure dans la main tendue de Loftie.

---

* La formule latine ici tronquée, *post hoc, ergo propter hoc* (à la suite de cela, donc à cause de cela) dénonce une fausse logique (N.d.T.).

« Cinq millions par an, murmura Loftie en tournant ces pages envoûtantes. Bigre ! on pourrait en acheter avec ça !... Mais je ne vaux pas pareille dépense, le Taureau. En outre, c'est du vol... Tu n'arriveras jamais à rien avec ces âneries d'astrologue.

— Mais toi peut-être que si, avec ta méthode. À quoi sert la recherche, d'après toi ?

— Dieu sait ! répondit Loftie tout en dévorant les illustrations. Simplement... on dirait simplement... parfois... qu'Il va tout révéler.

— C'est tout ce qu'on demande, l'encouragea Harries. Aie-Le à l'œil ! Et s'Il paraît disposé à vendre la mèche, prends-en note !

— Voilà six mois que je lorgne cette maison. On pourrait installer à l'arrière un ascenseur extérieur. »

Vaughan vivait déjà dans le futur : il en parlait, il le voyait.

Au même instant, le *padrone* entra dans la pièce pour dire que si ces messieurs désiraient boire autre chose, il fallait commander.

Ackerman commanda ; Harries contemplait le feu ; Loftie se plongea encore plus avant dans son catalogue et Vaughan dans sa vision de la maison qui ferait une excellente clinique. Le *padrone* revint avec tout un plateau.

« C'est trop... même si c'est à toi qu'on le prend, le Taureau. (On sentait la voix de Vaughan tendue.) Si tu me prêtais quelques centaines de livres pour ma clinique, je pourrais... »

Loftie s'arracha à son catalogue et babilla dans le même sens, tout en calculant combien il faudrait exactement par semaine pour débarrasser honorablement son existence et sa demeure de l'horreur qui les profanait l'une et l'autre, en attendant que l'alcool la tue.

Harries se dressa au-dessus d'eux tel un morse offensé.

« Vous rappelez-vous la casemate à Zillebeeke et le squelette dans la porte ? Et qui donc, ce jour-là, a barboté les bombes pour nous ? demanda-t-il en rongeant son frein.

— Le Lofté et moi, dit Vaughan, maussade comme un écolier.

— Et dans quel but ?

— Parce qu'on en avait fichtrement besoin.

— On en a encore plus besoin maintenant ! Nous avons comme adversaire le salopard de la casemate ! Un dénommé la Mort... si son nom vous dit quelque chose. Ce que je donne là, ce n'est pas de l'argent, cornichons ! C'est réglementaire, comme les chaussettes de l'armée. Nous ne... nous ne nous sommes tout de même pas mutuellement sauvé la couenne vingt fois pour en arriver là ! Je vous en prie ! Ne me laissez pas tomber ! Ne voyez-vous donc pas ? »

La grosse voix tremblait.

« *Kamerad* le Taureau ! Je suis partant ! » dit Loftie.

Les mains de Vaughan s'étaient déjà levées et il fut le premier à retrouver ses esprits :

« Et P'tit-Clou ? Il n'est pas dispensé, j'espère ?

— Non. Je vais me sucrer au passage avec chacun d'entre vous ! dit Ackerman. En attendant, allons-y, mes multimillionnaires ! Le Chauve de la casemate a bien des années derrière lui, mais nous, ce soir, c'est toute la nuit que nous avons encore devant nous ! »

Cinq millions par an, c'est stimulant.

À l'occasion d'une brève visite à une commission devant laquelle Loftie témoignait en tant qu'expert, un vulgaire ministre, dont le portefeuille dépendait des électeurs, demanda à voix basse (mais trop haute) si ce fonctionnaire auquel on avait presque octroyé le droit à une pension de retraite était l'un de ses « officiers du rang qui puent ». La lettre de démission de Loftie était sur le bureau de son chef le soir même. Aidé par une tante, Vaughan ouvrit une petite clinique aux alentours de la rue Sloane, où son monte-linge neuf et ses étuves neuves entraînèrent presque sa capture par « le genre de fille, mon petit, qui fait une épouse idéale pour un docteur ».

Harries continua à observer les cieux et chargea Ackerman de dénicher un lieu où ils pourraient se retrouver tous les quatre. L'endroit (dénommé École Simson) avait été une petite école de garçons dans un faubourg où il n'y avait pas trop de tramways. Ackerman inonda les lieux d'eau, de lumière et d'électricité, y installa un fourneau presque inspiré, un domestique et son épouse-cuisinière, ainsi qu'un ancien de la marine de guerre (un second-maître) en tant que valet de chambre-plombier, régisseur-mécanicien et maître d'hôtel-électricien ; il mit quatre couchettes dans autant de petites chambres et transforma la classe bâtie dans le jardin en une salle cimentée offrant de vastes possibilités qu'Harries fut le premier à reconnaître. Au fond de la salle, il aménagea une petite cabine où il entreposa des livres, des horloges et du matériel de laboratoire. Après quoi, il réclama à cor et à cri un laboratoire, qu'il obtint, hermétique, étanche à la poussière et doté de toute une collection de joujoux Schermoltz qui trouvèrent leur place au milieu de robinets, d'éviers et d'étagères de verre. Il transporta sur place divers échantillons numérotés que Vaughan et d'autres spécialistes lui avaient envoyés dans le passé et qui avaient fait l'objet de sa part, après examen, d'arrêts ayant quelque importance pour des hommes et des femmes inconnus. Grâce à des techniques dont il avait le secret, il avait maintenu en vie, dans des bouillons et des sels, certains de ces échantillons — purs filigranes de tissu cancéreux —, alors que ceux et celles dont ils provenaient avaient déjà vu leur sentence exécutée.

Il y en avait deux (les numéros 127 et 128) qui correspondaient à un cas assez rare, tous les deux parvenus exactement au même stade de développement et tirés de la même partie du corps chez deux femmes de même âge et de même physique venues chez Vaughan le même après-midi au lendemain de sa nomination à St Peggotty. Et après les deux opérations, identiques jusqu'à l'absurdité, un homme, dont les éloges comptaient mais dont la présence avait donné des sueurs froides à Vaughan, l'avait félicité. Pour St Peggotty, deux mois après la double intervention, les deux patientes se portaient bien. Harries jugea ces échantillons particulièrement intéressants et passait des heures d'affilée à les examiner, car il s'était toujours montré adroit à se servir du microscope.

« Et si tu observais leur comportement pendant un certain temps ? suggéra-t-il un jour à Loftie.

— Quant à moi, j'ai déjà une assez bonne idée de leur futur comportement », répliqua Loftie.

Lui-même étudiait alors les cellules du cerveau.

« En ce cas, pourquoi ne pas demander à Frost de les observer à l'aide d'une lentille de faible puissance ? reprit Harries. C'est un observateur expérimenté dans sa branche. Comment ? Mais évidemment il est à ta disposition, vieux ! Avec toi, il irait jusqu'au bout du monde ! Dis donc, à propos, te rappelles-tu par hasard à quel moment de la journée tu as opéré les numéros Cent vingt-sept et Cent vingt-huit ?

— L'après-midi évidemment... à St Peggotty... entre trois et cinq heures. C'est consigné quelque part.

— Peu importe. Je voulais seulement avoir une idée. Et donc vas-tu maintenant mettre Frost à les observer ? Je t'en remercie mille fois. »

Frost, le valet de chambre-plombier, etc., était un ex-capitaine de tourelle de mitrailleuse et possédait l'œil bleu et dur du pointeur né : c'était un homme entre deux âges, au physique ingrat, qui s'y connaissait plutôt en mécanique et était habitué aux instruments de précision. Il aimait rester assis au chaud entre quatre murs à regarder au microscope ce qu'il appelait des « saletés », avec mission de « faire le quart vingt-quatre heures sur vingt-quatre et de consigner dans le journal tout changement ». Mais à peine avait-il commencé que Loftie, jaloux comme deux femmes et se rappelant que la chance souriait souvent aux débutants, fit le quart par bordée* avec lui. Loftie travaillait dur sur ses cellules du cerveau et la monotonie de ces tours de garde lui fit craindre d'échafauder des théories à partir de faits n'existant que dans sa tête. Aussi dit-il à Frost, au bout d'un certain temps, que tout cela était absurde et, qui plus est, mauvais pour les yeux.

* La « bordée » désigne ici la partie de l'équipage de service à bord d'un navire (N.d.T.).

« N'es-tu pas d'accord ? s'enquit-il.

— Je ne sais pas comment ça se passe pour vous, monsieur, répondit Frost, mais moi, j'ai parfois l'impression de voir une sorte de vaguelette battre les bords. Comme des brisants, effleurés par le soleil. Comme le raz de Portland quand il y a des nuages et des éclaircies.

— C'est à force de te crever les yeux. Mais à quelle heure le phénomène se produit-il... pour toi ?

— Parfois durant le quart de nuit, de minuit à quatre heures du matin. Puis cela revient pendant les premier et second petits quarts[1], entre quatre heures de l'après-midi et huit heures du soir, monsieur.

— Quelle que soit la... l'échantillon... que tu regardes ? demanda Loftie visiblement très intéressé.

— Disons que ça dépend de l'échantillon. Par exemple, le Cent vingt-huit... il me semble... fait des siennes pendant le quart de nuit, à partir de minuit... et le Cent vingt-sept l'après-midi. Tout est dans le journal de bord. »

Trois mois plus tard, à l'École Simson, Loftie annonça aux autres que, sans s'écarter le moins du monde de ses théories personnelles, il y avait un phénomène qu'il appellerait, pour parler bref, « marées », au niveau des échantillons 127 et 128. Cela se produisait à certaines heures, qui avaient toutes été relevées et transmises à Harries... « on ne sait jamais ».

Harries sourit et loua très cher les services d'un expert pour photographier les deux échantillons et les filmer ; ce qui prit plusieurs semaines et coûta quelques centaines de livres. Puis tous les quatre rapportèrent les « marées » agrandies à de curieuses tables établies par Harries... « sait-on jamais ? » comme disait Loftie.

Harries dit que ce n'était pas de l'argent perdu et il prit l'habitude de passer une bonne partie de son temps libre à l'École Simson. Vaughan, lui aussi, puant l'éther, s'y réfugiait pour échapper à la chasse (activement entretenue par sa tante) dont il faisait l'objet et que ses succès accéléraient. Depuis le début, Loftie faisait presque partie des meubles de son laboratoire et le pauvre « P'tit-Clou », tout aussi peu doué pour s'en mettre plein les poches que pour économiser le moindre sou, les régala si somptueusement que la cuisinière elle-même tiqua au vu des notes hebdomadaires, que Harries refusa carrément de vérifier.

Trois mois après la « sortie » de leur premier film, Loftie leur lut avant le dîner un document dactylographié affirmant l'existence de « marées » dans les cellules normales de tous les tissus que Frost, son assistant, et lui-même avaient observées ; mais aucun signe de « marée » n'était visible dans les zones malignes. Il entra dans le détail des tests et des observations, à en faire bâiller la compagnie. Ensuite, Frost leur passa le dernier film en date — au ralenti et en accéléré — et ils s'installèrent autour du feu.

« Je ne jure de rien, dit Loftie, qui parlait comme quelqu'un en état de choc, mais chacun de ces fichus tissus paraît jusqu'à présent avoir son horaire de marées personnel. Les échantillons provenant d'une même source ont des marées de même intensité aux mêmes heures. Mais comme je viens de vous le montrer, il y a d'infinies variations constantes... des réactions à tel ou tel facteur... au niveau de chaque marée, aussi individuelles que des empreintes digitales. Je n'engagerais pas ma réputation sur ce point devant d'autres que vous. Mais je sais pertinemment qu'il en est ainsi.

— Et comment l'interprètes-tu ? demanda Vaughan presque dans un murmure.

— À mon sens, dit doucement Harries, les menues différences relevées au niveau des "marées" des tissus sont dues à des interférences avec l'influence principale ou l'influence extérieure... peu importe laquelle... qui gouverne ou bien qui constitue elle-même la marée principale en toute matière. Elles proviennent toutes de l'extérieur, et non pas de l'intérieur.

— Jusqu'où, à l'extérieur ? demanda Vaughan.

— Je n'en sais rien... pour l'instant... à quelques années de lumière près. J'ai essayé d'isoler de la marée principale les interférences ou influences secondaires... qui sont peut-être dues aux... euh... influences plus proches. D'après moi...

— Stop ! s'écria Loftie d'une voix stridente. Tu as juré devant nous tous de ne pas bâtir de théorie avant un an.

— Laissez-moi terminer ! De mon côté et en ce qui me concerne, j'ai vérifié certains de mes calculs et ils me permettent d'affirmer que nous sommes tous fondés... à nous soûler ce soir ! »

C'est donc ce qu'ils firent : au moment de passer à table, ils étaient déjà ivres du ferment de leurs propres conjectures. Loftie, à qui Ackerman avait prescrit de s'en tenir à de la bière forte, le meilleur remède, disait-il, contre la fatigue des cellules cérébrales, se leva au dessert et dit qu'il était « le serviteur de l'Infiltrésimal, mais sûrement pas de ce gros ténia de P'tit-Clou ». Harries leur décrivit l'immensité des espaces sidéraux tout pétillant de spirales « avec... ou plus exactement comme... du champagne », mais qui ne constituaient qu'une seule et unique centrale génératrice d'une seule et unique Énergie tirée de l'Absolu, une seule et même essence, une seule et même substance avec toutes choses. Puis il tomba dans un profond sommeil. Vaughan, le diplômé de médecine, voulait simplement appeler un taxi afin de pouvoir aller discréditer un rival honni du West End en l'appelant à la fenêtre de sa chambre afin de discuter sur place de « dichotomie » — un mot difficile à trois heures du matin.

Puis ils expédièrent Loftie en vacances pour un mois, avec un mètre cube de romans policiers à deux sous, auxquels ils ajoutèrent la tante de Vaughan chargée de veiller à ce qu'il se nourrît et s'habillât correctement. À son retour, il se lança dans certaines expériences sur des souris, dont Frost se chargea dans la chaufferie, parce qu'il se rappelait l'époque où leurs aïeules avaient servi dans les tout premiers sous-marins. Il apparut que leurs tissus étaient également sujets à des « marées », dont l'horaire toutefois était légèrement décalé en fonction de la période de naissance de chacune des portées.

Et il leur naquit des souris et des souris dotées de « marées » prodigieuses. Certaines de ces souris, vaccinées lors du déluge, vainquirent la maladie et se trouvèrent promues par Frost au rang d'animaux domestiques. Traitées au plus bas de leur jusant, elles périrent moins vite que la moyenne. Harries enregistra soigneusement leurs rythmes en tout et demanda à Frost de gréer[2] leurs cages sur telle ou telle aire de la rose des vents ou de les sortir au clair de lune ou sous l'orage.

C'en fut trop cette fois pour Loftie, qui retourna à l'épopée légitime des cultures et du radium irradiant, ainsi qu'aux mystères de cellules malignes restant étrangères à toute « marée ». Au bout de trois semaines, Loftie et Frost arrêtèrent l'offensive.

Un soir, après projection du film réglementaire, Loftie dit à Harries :

« À quoi pensent les microbes, d'après toi ?

— Si tu en es arrivé là, lui fut-il répondu, tu finiras un jour par avoir de l'imagination. »

Puis Vaughan est arrivé tout en émoi. Son infirmière en chef s'était trouvée immobilisée par une sciatique et le petit personnel en avait vilement profité. Il avait un besoin urgent de serviettes de table et de bain, de deux cruchons chemisés et d'un service à petit déjeuner en métal (et non en porcelaine). Ackerman dit qu'il en parlerait à Frost et qu'il verrait ce qu'on pourrait prendre au navire.

Tandis qu'ils plaisantaient Vaughan, St Peggotty l'appela au téléphone. Il répondit :

« Tiens, tiens ! Si cela devait se produire, il fallait s'attendre à ce que ce soit maintenant... Si j'ai un lit de libre en ce moment ?... Il est à toi... Envoie-la-moi !... Il le faut absolument !... Dois-je avertir mon personnel de se préparer à la recevoir ?... Ah bon ? Ne t'en fais pas !... Je vais envoyer la voiture... Oui, ainsi que tous les autres frais... Parce que c'est moi qui l'ai opérée à l'origine, tiens ! Nous l'attendrons donc à neuf heures... Entendu !... De rien ! C'est moi qui te remercie, mon vieux. »

Il appela ensuite sa clinique pour dire qu'on prépare tout en vue d'accueillir une patiente et revint prendre sa place dans le cercle silencieux près du feu.

« C'est l'une de mes jumelles, expliqua-t-il. Il y en a une de retour. Une rechute... au niveau de la cicatrice... au bout de dix-huit mois.

— Ce qui veut dire ? demanda Harries.

— Avec ce qu'elle a... trois... cinq mois de sursis... peut-être. Avant la rechute finale. L'autre n'a rien, pour l'instant, me dit-on.

— Le contraire m'étonnerait. C'est la Cent vingt-huit, ta malade.

— Comment as-tu deviné ? »

Frost était entré et passait en revue avec Ackerman les réquisitions de Vaughan.

« Frost, quel est l'horaire de la Cent vingt-huit ? intervint Loftie.

— La Cent vingt-huit, monsieur ? Flux de minuit à quatre heures du matin... reflux le soir de quatre heures à huit heures. Oui, monsieur, pour le linge de table et les cruches, je peux y arriver, mais on manque de serviettes de bain en ce moment.

— Si elle survivait neuf mois, cela prouverait-il quelque chose ? »

Harries avait repris le fil de sa conversation avec Vaughan.

« Non. Il y a des retours en force et des réserves d'énergie.

— Et toute une année ?

— Là, oui, moi je serai d'accord. Mais je connais quelqu'un qui ne l'accepterait pas. »

Vaughan cita un nom connu.

« Merci de me le rappeler ! lança Ackerman par-dessus son épaule. Frost, le tuyau d'eau chaude dans la salle d'eau a de l'artériosclérose, lui aussi. Soyez gentil de l'opérer !

— Et toi, le Gallois, quand procéderas-tu à ton opération ? »

Harries revenait à la charge.

« Demain à dix heures moins le quart. C'est l'heure à laquelle je me sens le plus d'attaque.

— Pour une fois pense à la patiente ! Et si tu te tenais prêt demain à minuit moins des poussières ? Je te communiquerai l'heure H en t'appelant d'ici. »

Vaughan parut un tantinet surpris.

« À minuit ? Bon, d'accord ! dit-il. Mais je vais devoir prévenir mon anesthésiste.

— Et Ferrers jurera que tu as bu un coup de trop ou que tu as pris de la drogue, dit Ackerman. En outre, pense à ta pauvre infirmière en chef et à celle qui doit obligatoirement avoir sa soirée ! Mieux vaut infiniment, le Gallois, laisser la femme claquer dans le cadre de l'horaire syndical !

— Arrête un peu, *padrone* ! dit Loftie. Ce n'est pas la peine de faire appel à Ferrers. Je prendrai sa place… si tu estimes que je peux faire l'affaire. »

C'était comme si Raeburn[3] avait proposé d'apprêter une toile pour Benjamin West[4]. Vaughan accepta donc et ils passèrent à table.

Lorsque Vaughan et Loftie se furent mutuellement rafraîchi la mémoire quant à l'organisation interne de la Cent vingt-huit, ils demandèrent à Harries pourquoi il avait choisi cette heure en particulier pour l'opération. Harries dit que, d'après ses calculs, on devrait sans doute tomber plus près de l'anniversaire de la femme. Il coucha par écrit ce qu'il pensait devoir être la date exacte de celui-ci et passait le papier à Vaughan lorsque la clinique de Vaughan annonça l'arrivée de la malade, qui n'était pas particulièrement fatiguée et tenait absolument à remercier le « Docteur » Vaughan de l'étonnante générosité qui lui avait permis d'échapper à la salle d'hôpital.

La tablée écouta la réponse de Vaughan, qui se voulut apaisant et réconfortant et laissa entendre, au son de sa voix, que ce petit contretemps connaîtrait l'issue la plus heureuse. Quand il eut raccroché, il dit :

« Elle... veut se faire opérer après-demain, parce que c'est son anniversaire. Elle pense que ça lui portera chance.

— Disons donc minuit après-demain et regarde la date que j'ai inscrite... Non ! Le diable n'a rien à voir là-dedans. À propos... si ça ne te gêne pas trop dans tes mouvements... pourrais-tu orienter le billard au... »

Harries indiqua une direction de la rose des vents.

« N'hésite pas ! dit Ackerman ; il lui mettrait la tête en bas pour l'opérer séance tenante, si le Taureau lui disait de le faire... Tu t'en vas, le Gallois ? Frost t'enverra toutes tes serviettes et tes pots par taxi. Excuse-moi si je t'ai vexé. »

Le compte rendu que Loftie effectua de l'opération intéressa Frost moins que les échantillons qu'il en rapporta. Il leur fallut plusieurs jours, à deux, pour les disposer correctement sous le microscope. À son tour, Frost dit à Loftie que « notre bagarre à nous », avec le commandant Harries à l'horloge sidérale attendant « que l'objectif avance » et le capitaine Ackerman au téléphone, attendant de transmettre la bonne distance au capitaine Vaughan rue Sloane, « ça ressemblait complètement au Jutland[5] ».

« Et cette dame qui nous occupe, dit-il après un temps de silence actif, sur son lit, quel était donc son relèvement ? »

Loftie mentionna une direction qu'il avait entendu Harries indiquer à Vaughan.

« Je pense que le commandant Harries est mieux placé que personne pour savoir, répondit Frost avec placidité. C'est comme avec les compas, dont l'aiguille varie selon l'orientation de la proue lors de la construction du navire[6].

— C'est de la folie pure, ni plus ni moins !

— C'est ce que l'amirauté a dit, au début, de la vapeur dans la marine de guerre », dit Frost avec un grand sourire.

Il rangea un paquet de lamelles hermétiquement scellées et replaça avec vénération plusieurs lentilles dans leur châsse de velours.

« Sans parler de cette dame qui nous occupe... (il se redressa tout en parlant)... certaines de mes souris ne se comportent pas comme j'aurais pu le souhaiter.

— Lesquelles ? » demanda Loftie.

Il y avait plusieurs types d'expériences en cours.

« Une ou deux de celles qui se sont rétablies après inoculation et dont on a fait des animaux domestiques à la fin du traitement. Il semble toutefois qu'elles aient fait une rechute. Elles sont très agitées... elles essaient constamment de s'évader... comme si c'étaient des souris sauvages et non des souris blanches. Ça ne me plaît pas.

— Eh bien, range tout ! répondit Loftie, et nous allons descendre à la chaufferie. »

Dans l'une des cages en bas, une souris au râble mauve couinait, cependant qu'elle s'échinait désespérément à se frayer un passage dans le grillage à l'aide de ses pattes antérieures (on eût dit des mains à moitié transparentes). Frost plaça la cage sur une table, sous une lampe électrique, et remit à Loftie le dossier concernant la souris ; y étaient consignés sa date de naissance, son âge, la date et la nature de l'inoculation, ainsi que la date à laquelle son organisme semblait avoir éliminé la dose et, bien entendu, l'heure et l'amplitude de chacune de ses « marées ». En face de l'heure à laquelle on était, le dossier indiquait « marée basse ».

« Elle est folle ou quoi ? murmura Loftie. Ce n'est pas non plus son couinement habituel. »

Ils l'observèrent. Elle redoublait d'efforts contre l'obstacle, se dressait sur son train arrière comme si elle écoutait de toutes ses oreilles, bondissait en avant et se jetait à corps perdu dans son ouvrage sous la clarté crue de l'ampoule du sous-sol.

« Éteins ! dit Loftie. Ça la perturbe. »

Frost s'exécuta. En l'espace de quelques secondes, les petits bruits se changèrent en légers battements, puis cessèrent.

« C'est bien ce que je pensais. Et maintenant, regardons ! dit Loftie. Oh ! là ! là !

— Trop tard ! s'écria Frost. Elle s'est brisé le cou ! Brisé net son joli petit cou dans le grillage ! Comment a-t-elle fait ?

— En état de convulsion, bégaya Loftie. Les convulsions de l'agonie. Elle a poussé, poussé, avec sa tête, contre le grillage, comme un coin qu'on enfonce... et... qu'en penses-tu, toi ?

— Je crois que je pense comme vous, monsieur. »

Frost remit la cage sous les câbles et les plombs qu'il avait peints comme on le fait à bord des navires de guerre.

« Apparemment ce sont deux ‘‘marées’’ qui se rencontrent, ajouta-t-il. Ça déclenche toujours un raz, et le pire, avec les raz, c’est pendant le reflux. Elle a dû se faire surprendre à marée descendante... et être terrassée ! Dommage ! Il devrait y avoir moyen de les tirer de là.

— C’est ce qu’on va voir », dit Loftie.

Et il tira de la cage le minuscule corps, resté chaud, qui avait au bout du nez une utile gouttelette de sang.

Le Cent vingt-huit (Mrs Berners) se rétablit promptement et comme apparemment elle n’avait personne, Vaughan dit que, en guise de paiement, elle devait rester dans sa clinique et dûment achever sa convalescence. Elle manifesta une gratitude touchante. Au bout de quelques mois, durant lesquels elle reprit des forces, elle demanda à se rendre utile à ses bienfaiteurs. Apparemment, personne ne s’occupait du linge chez Mr Vaughan ; pourrait-elle le repriser, le compter, le garder, voire le distribuer — puisqu’elle avait acquis de l’expérience dans ce domaine en qualité de gouvernante ? Ses vœux furent exaucés. Et la tâche de récupérer le linge avec lequel Vaughan avait commencé sa clinique, celui qu’il avait acheté mais n’avait jamais inscrit dans le registre, celui qu’il avait soutiré à Ackerman et croyait (ou pire encore, certifiait) avoir rendu, ou celui qu’il avait perdu aux lessives ou du fait des domestiques fit du bien à la patiente. Du coup, elle vint aussi à l’École Simson pour rendre du matériel à Frost. Sur place, Harries et Ackerman la complimentèrent de sa bonne mine et Loftie lui demanda de s'occuper de son petit linge, toujours de confection. Elle se déclara enchantée. Elle leur dit que, désœuvrée, elle avait le plus souvent l'impression de gêner, comme si elle devait aller ailleurs. Loftie lui demanda pourquoi. Elle répondit que, tant qu'elle avait des problèmes de santé, elle n'avait pas le temps de s'ennuyer : elle essayait déjà de ne pas pleurer. Mais à présent qu'elle s'en trouvait délivrée (grâce à ces messieurs si gentils !), elle n'avait jamais assez à faire. Elle avait le tic de relever la tête, sur le côté, au beau milieu de son ouvrage parfois, et disait : « Allons ! je ne peux pas passer toute la journée à vérifier du linge ! Il faut que je m'en aille où on a besoin de moi », tantôt chez Loftie tantôt à l'École Simson.

Un soir, ils discutèrent de son cas en long et en large, pendant toute la projection d'un film qui (produit de la collaboration de Vaughan et de Loftie) s'inspirait des dernières productions de la malade.

Vaughan ne cachait pas sa satisfaction.

« Vous voyez ! Il n'y a pas eu de rechute. Je sais que sa force (remarquez la façon dont les "marées" se sont stabilisées !... et nos nouvelles couvertures pèsent leur poids !) dépasse la normale. Elle en est à sept mois et vingt-trois jours et... entre nous... sa cicatrice est tout simplement magnifique.

— Nous te croirons sur parole, dit Harries. Passe-nous donc ton film à souris, Loftie ! »

Et Loftie, cependant que Frost ralentissait, accélérait ou revenait en arrière selon les ordres qu'il recevait, parla de souris qui s'étaient apparemment remises de certaines maladies, mais étaient tombées ultérieurement dans un état de malaise caractéristique, suivi de crises de nerfs (comme le montrait le film) ayant pour point culminant ce qui ressemblait à des tentatives de suicide.

Chaque fois qu'une tentative avait réussi, les vacuoles... ou centres vides... qui ne se colorient pas... des cellules cérébrales semblaient, sur une zone minuscule, avoir explosé, apparemment à la manière... (« Je sais que ce document va vous intéresser. Je l'ai loué la semaine dernière à la Météorologie coloniale »)... à la manière d'une maison qui explose par ses propres fenêtres sous l'effet de l'appel d'air créé par une tornade. Ils virent alors un hôtel de trois étages, construit en contreplaqué, qui vomissait à l'extérieur ses propres entrailles, cependant que le noir hameçon d'une tête de tornade se tordait et pêchait au-dessus du bâtiment.

Quelquefois, continua Loftie, une souris malade se rétablissait, après des dérèglements nerveux très voisins de ceux du tétanos (comme ils l'avaient vu), suivis d'un collapsus et de températures étonnamment inférieures à la normale, puis d'un retour rapide à la vie normale. À eux de tirer leurs propres conclusions !

Ackerman rompit le silence :

« Frost, retournez, s'il vous plaît, à la séquence qui montre leurs mouvements de tête quand les attaques s'annoncent ! »

Frost recommença.

« Là, à qui cela fait-il penser ? lança soudain Ackerman. Est-ce que je me trompe ?

— Non, monsieur », gémit Frost dans le noir.

Du coup, tout le monde vit.

« "Dame ! je ne peux pas rester ici ! Il faut que

j'aille où on a besoin de moi !'' cita Ackerman à mi-voix. Et ses mains qui raccommodent… Les pattes antérieures… je veux dire, ses mains, à elle ! Regardez ! C'est elle tout craché !

— C'est exactement l'attitude qu'elle a aussi quand elle écoute, dit Harries. Je ne l'avais encore jamais remarqué.

— Pourquoi l'aurais-tu remarqué… alors que tu n'avais aucun point de comparaison ? interrogea Loftie. Qu'est-ce que cela signifie ?

— Cela signifie qu'il est fort probable qu'elle se jettera un de ces jours sous un camion, entre ici et la rue Sloane », l'interrompit Frost, comme s'il était parfaitement informé et autorisé à s'exprimer ainsi.

« Vous, comment le savez-vous ? commença Vaughan. Elle est absolument normale. »

Les câbles du projecteur n'avaient pas été débranchés ; aussi était-on encore dans l'obscurité.

« Sûrement pas ! Elle est toute sens dessus dessous ! Dieu sait où elle est, en tout cas elle n'est pas plus dans le coup que les macchabées ! »

Frost remballa le projecteur et sortit. Les autres firent cercle autour d'Harries.

« À mon sens, exposa-t-il après quelques préliminaires, le temps… le flux… l'a portée au-delà de la dernière limite que lui fixait sa maladie. Ça fait deux ou trois mois à présent, n'est-ce pas, le Gallois ? Mais attention ! Je dis qu'elle n'a pas été sauvée par le bistouri. Elle a été sauvée par le bistouri utilisé au bon moment de sa ''marée''.

— Elle a duré sept mois et vingt-trois jours. C'est tout à fait inhabituel, j'en conviens, pour ce genre de cancer ; mais ce n'est pas probant, riposta Vaughan.

— Laisse-moi finir ! Compte tenu de la mort, telle qu'elle a été créée ou produite par l'évolution sur cette planète (vous savez, Il n'existe pas forcément ailleurs), et compte tenu surtout de la nature du dépérissement qui était censé tuer cette femme, elle aurait dû mourir il y a plusieurs semaines. *Mais* compte tenu de l'influence (la "marée", si vous préférez) extérieure à ce bouillon de culture que nous appelons notre monde, elle a eu droit à un nouveau départ, sur une autre vague encore. Il y a une chance que, après des crises, du genre de celles que nous avons vues chez les souris, cette "marée" la porte au-delà de... comment dirais-je ?... de l'appel de la tombe. J'imagine que ça commence à être la bagarre entre les deux.

— Je vois où tu veux en venir, le Taureau, dit Loftie. Et à quel moment doit-elle avoir ses crises ? Parce que... c'est tout aussi dingue que le reste... mais on aurait peut-être une petite chance de...

— La tendance au suicide se manifeste avant, dit Ackerman. Pourquoi ne pas la faire surveiller quand elle sort ? Les infirmières du Gallois peuvent l'avoir à l'œil, à l'intérieur.

— Tu as lu mes romans policiers, sourit Loftie.

— Eh bien d'accord, alors ! J'imagine que n'importe quelle agence de renseignements digne de ce nom pourrait s'en charger, dit Harries.

— À Frost de choisir ! Moi, je me contenterai de la commission... On va s'amuser ! C'est une femme... pas une souris blanche ! dit Ackerman, avant d'ajouter d'un air pensif. Mais, de nous tous, l'âne bâté, par opposition au simple crétin diplômé, c'est le Gallois ! »

Vaughan avait ordonné à la malade de ne jamais faire le chemin à pied entre l'École Simson et la clinique Vaughan et de prendre un taxi à l'aller comme au retour lors de ses petites « promenades de santé » dans les jardins publics, où elle abordait si souvent les charmantes ex-soubrettes avec leur loulou de Poméranie, les vendeuses des grands magasins et autres inconnues distinguées appartenant plus ou moins au même milieu que le sien (à tant de shillings l'heure — mais si !). Elle ne vit pas beaucoup Mr Frost cet été-là, car il était très pris par ses fonctions et pâtissait, lui dit-on, d'un retour de rhumatismes contractés en défendant la patrie. Elle-même n'eut à se plaindre que d'un léger torticolis, après être restée assise dans un courant d'air. Quant à son état de santé général, elle avouait que ça s'affolait parfois un peu dans sa tête, mais, pour le reste, on n'aurait pu mieux se porter.

Un après-midi, elle était en train de conter son bonheur à Loftie, non sans en rajouter, comme toujours, dans la salle des professeurs de l'École Simson, où elle lui avait apporté plusieurs chemises neuves marquées à son nom. Frost les avait transportées à l'étage et Loftie avait laissé entendre qu'il devait retourner à son ouvrage. Elle avait donné un petit coup de tête sur le côté et dit qu'elle avait fort à faire, elle aussi. Du même souffle, mais dans un murmure, elle ajouta : « Je ne veux pas mourir, Mr Loftie. Mais il le faut. Il faut absolument que je m'en aille. On a besoin de moi ailleurs, mais (elle frissonna) je n'ai pas envie de partir. »

Puis elle fonça, tête baissée, vers le mur. Loftie l'agrippa par la robe et dévia sa course, en sorte qu'elle heurta le mur de l'épaule et tomba et, quand

Frost descendit, il trouva Loftie en train de lutter au corps à corps avec elle, non sans compétence.

Elle réussit à lui échapper et traversa la pièce comme une patineuse. Frost s'élança derrière elle et lui fit un croc-en-jambe, qui la faucha. Elle se serait tapé la tête par terre, mais, plaçant la paume d'une main sous son menton, il lui releva brutalement le visage et la força à se relever, pour la bloquer aussitôt contre lui.

Elle ne disait mot, absorbée par une seule et unique idée : celle de foncer vers le mur le plus proche, en bousculant tout obstacle qui l'en séparait. Malgré sa petite taille et sa fragilité, elle réussit à repousser maintes fois les quatre-vingts kilos de Frost et, d'une bourrade latérale, paume ouverte, à envoyer Loftie valser jusqu'au milieu de la salle. La lutte se prolongeait, toujours aussi violente, sans que la femme parût s'essouffler, lorsque, tel un élastique, elle se détendit, en répétant qu'elle ne voulait pas mourir. Cependant qu'elle criait à Loftie de la tenir, elle s'échappa entre les deux hommes, qui furent obligés de se lancer à sa poursuite autour des meubles.

Ils l'acculèrent finalement au sofa : Loftie lui tenait étroitement les genoux, tandis que Frost, de toutes ses forces, de tout son poids, l'obligeait à lever ses bras maigres au-dessus de sa tête. De nouveau, le corps se relâcha et on réentendit le sourd murmure insouciant : « Après ce que vous avez dit sous la pluie devant Barker's*, vous ne pensez tout de même pas que j'aie véritablement envie de mourir, Mr Frost... Je n'en ai pas la

---

* Grand magasin londonien sis à Chelsea, dans Kensington High Street (N.d.T.).

moindre envie, je vous assure ! Mais il le faut absolument ! Il faut que j'aille où on a besoin de moi. »

Au même moment, Frost dut s'agenouiller sur le bras droit de la malade, tout en tenant le bras gauche à deux mains. Arc-bouté au sofa, Loftie bloquait les pieds de la femme, jusqu'à ce que la crise s'achève en tremblements qui les secouèrent tous les trois. La malade fermait les yeux. Du pouce, Frost souleva une paupière et regarda attentivement.

« Seigneur Dieu ! » dit-elle.

Et elle rougit jusqu'aux oreilles. D'un bond, les deux hommes, stupéfaits, s'écartèrent. Elle porta une main à ses cheveux défaits.

« Qui m'a fait ça ? demanda-t-elle. Pourquoi me suis-je sentie aussi bizarre ? Je devrais m'employer à mourir. »

Loftie était prêt à se jeter derechef sur elle, mais Frost leva la main.

« Faites donc comme il vous chante, Mrs Berners ! dit-il. Si je vous tanne depuis le début, c'est pour savoir ce que vous avez fait de notre porte-toasts en Inox, de nos serviettes, etc. »

Il la secoua par les épaules et le reste de la claire chevelure tomba.

« Un porte-toasts en Inox et deux coquetiers qui sont partis chez Mr Vaughan sur réquisition le vingt-huit avril dernier, en même temps que quatre serviettes de table et six draps. Je pose la question, parce que c'est moi qui en suis responsable ici.

— Mais il faut que je meure.

— Et nous de même, Mrs Berners, tous autant qu'on est ! Mais auparavant je veux savoir ce que vous avez fait du... (Il répéta la liste et la date.) Vous connaissez le système entre les deux maisons aussi bien que moi. J'ai tout envoyé sur ordre de Mr Ackerman et sur réquisition de Mr Vaughan. Combien de fois par an vérifiez-vous votre linge ? Une fois par trimestre ou une fois par semestre ?

— Tous les trimestres. Mais on a besoin de moi ailleurs.

— Si vous n'êtes pas un peu plus précise, Mrs Berners, je vais vous dire où on aura bel et bien besoin de vous entendre sous peu, et pour quel motif. Je ne vais pas laisser votre négligence ruiner ma réputation... s'il ne s'agit que de négligence... Et Mr Loftie ici présent...

— Ne me mêle pas à cette histoire ! murmura Loftie avec une mâle épouvante.

— Laissez-nous ! Je connais mon monde, monsieur... ! Mr Loftie qui a fait l'impossible pour vous...

— C'est Mr Vaughan : il ne voulait pas que je meure, lui. »

Elle essaya de se lever, retomba assise et se redressa sur le sofa.

« Vous ne vous en tirerez pas de cette façon ! Cherchez bien dans votre mémoire et voyez si vous pouvez prouver votre innocence ! »

Et Frost recommença, scientifiquement, telle une inquisitrice ; il mêlait des détails, des allusions, des dates et des sous-entendus au rappel des soins rituels du ménage ; il se gardait de l'accabler, sauf quand elle tentait de biaiser pour reprendre sa pitoyable marotte, mais il rejetait toutes les réponses qu'elle lui faisait. Péniblement, elle s'arracha à son obsession : elle protesta, expliqua, s'évertua à faire fonctionner sa cervelle écartelée ; mais elle cherchait constamment une excuse, sautant du coq à l'âne, jusqu'à ce qu'elle gémisse, avec des yeux de souris apoplectique :

« Oh ! Fred ! Fred ! La seule chose que j'aie jamais prise — et c'est toi qui l'as dit devant Barker's — c'est ton cœur cruel ! »

Le visage de Frost se convulsa, mais sa voix était celle du second-maître devant le matelot puni.

« Pas de petits noms entre nous, Mrs Berners, avant que cette affaire soit réglée ! »

Ses yeux mouillés se plissèrent, comme s'il évaluait une immense distance avant de tirer. Puis il lâcha, en pesant ses mots :

« Pour moi, vous n'êtes qu'une voleuse. »

Elle le dévisagea aussi longtemps qu'un obus pourrait mettre à atteindre un horizon. Puis vint l'explosion de fureur humaine naturelle — elle ne s'abaisserait pas à nier, dit-elle —, avant qu'elle en vienne à lui donner, en s'étranglant sous ses propres insultes, un faible coup sur la bouche et qu'elle se laisse choir entre les pieds de Frost.

« Ça y est ! la voilà sauvée ! dit Frost transfiguré. Et maintenant ?

— Ma chambre. Dis à la cuisinière de la coucher ! Remplis toutes les bouillottes que nous avons et chauffe les couvertures. Je vais téléphoner à la clinique. Après quoi, on essaiera les piqûres. »

Frost la hissa, molle comme une chiffe, sur son épaule et, se retournant, demanda :

« Cette... tous ces symptômes... on n'a pas besoin de consigner dans le journal, monsieur, n'est-ce pas ? On en a... on en a déjà eus dans le même genre. »

Loftie fit oui de la tête.

Elle émergea toute tremblante du froid glacial de ces sept jours volés à la tombe et les infirmières de Vaughan lui dirent que cette « grippe rentrée » qui l'avait terrassée était vraiment épouvantable, mais qu'elle-même pourrait reprendre du service dans quelques semaines. Ackerman, qui aimait Vaughan plus que tous les autres réunis, certifia, le premier soir où ils se retrouvèrent autour de leurs films, que le Gallois méritait le titre de médecin pour la façon dont il avait traité ce cas.

« P'tit-Clou, dit gentiment Vaughan, tu te fais des idées aussi bêtes sur ma profession que je m'en faisais sur Frost. J'ai injecté ce que m'a donné Le Lofté aux heures que m'a indiquées Harries. Le reste n'est que remède de bonne femme.

— Elle ressemblait toujours à une poule mouillée, dit Harries. Maintenant on dirait un mouton épanoui. J'aurais aimé voir ses crises. L'avez-vous chronométrée, Frost, ou bien toi, le Lofté ?

— Ça n'en valait pas la peine, répondit Loftie d'un air léger. De l'hystérie pure et simple. Mais elle a complété son année à présent. Crois-tu que nous l'avons prolongée ?

— Je pense que oui. J'ignore ton sentiment, mais (Vaughan était fendu jusqu'aux oreilles) plus je vois sa cicatrice, plus je suis content. Ah ! quel beau travail, même si je ne suis rien d'autre qu'un charpentier, P'tit-Clou !

— Mais, pour en revenir au commun des mortels, que prouve toute notre folie ? demanda Ackerman.

— Rien du tout, sauf que cela peut nous fournir certaines données et déductions qui peuvent servir de base à je ne sais quel détail dans la recherche de je ne sais qui je ne sais quand, déclara Harries. L'essentiel, à mon sens, c'est que cela pousse, non pas tant à réfléchir (la recherche s'englue dans toute cette "réflexion") qu'à imaginer un peu.

— Ce qui sera possible, quand Frost et moi en aurons fini avec ce film », dit Loftie.

Ledit film incluait une séquence de cultures, commencées avec des souris ayant surmonté leurs crises suicidaires et adoucies grâce au truchement d'un être humain qui, très serviablement, entre les moments où il faisait tourner le projecteur, décrivait les effets de certaines piqûres sur sa propre robuste constitution. Les premières de la série, avoua l'ancien marin, l'« avaient fait valser sur le pont ».

« C'était quitte ou double, s'excusa Loftie. Vous comprenez, il n'y avait pas moyen de savoir, durant tout cet été, à quel moment Mrs Berners risquait de faire des siennes et de mourir. Frost m'a donc servi à accélérer sensiblement la mise au point des piqûres. Je n'ai pas encore rédigé mon rapport. Vous l'aurez plus tard. »

Il resta aider Frost à ranger une partie du matériel le plus fragile, cependant que les autres allaient se changer.

« Sans parler de la dame qui nous occupe, dit bientôt Frost. Ma première (bien que sa mère naturellement m'ait prévenu) buvait un peu. Elle m'a fait honte dans tout Fratton* presque tout mon temps de service là-bas. Et elle est morte à l'hôpital Lock. Vous voyez que moi aussi, j'ai eu mon coup dur.

— Apparemment il y en a parmi nous qui sont prédisposés. Moi aussi, j'ai eu le mien, répondit Loftie.

---

* Quartier mal famé de Portsmouth, port militaire sur la côte sud de l'Angleterre (N.d.T.).

— Je n'avais jamais entendu dire. Mais (la voix changea de timbre) je le savais... mieux que si on me l'avait dit.

— Oui. Dieu nous aide ! dit Loftie.

Et il serra la main de Frost. Frost, sans la lâcher, continua :

« Une dernière chose, monsieur. Je n'ai pas bien enregistré sur le coup... n'étant pas intéressé, à l'époque... mais... cette première opération de ma dame, est-elle de nature à exclure... comment dirais-je ?... tout espoir de... de progéniture ?

— Absolument, mon vieux ! »

L'autre main de Loftie vint se poser sur l'épaule de Frost :

« Dommage ! Il devrait y avoir un moyen ou un autre de les tirer d'affaire... ne crois-tu pas ? »

Le miracle de saint Jubanus

Le visiteur avait dépassé de vingt kilomètres la fin de la route communale en construction, attiré par une rumeur ayant pour objet un petit vitrail du treizième siècle qui représentait, disait-on, un saint auréolé et casqué (qui n'était autre, en vérité, que saint Julien d'Auvergne) et que l'on pouvait voir dans l'église de Saint-Jubans, un village de la vallée.

Mais il y avait un mariage dans l'église, suivi de l'habituelle quête pour les pauvres. Une fois le cortège nuptial sorti au soleil, deux petits acolytes commencèrent à se battre pour une piécette. Un seul pas de ses grandes jambes, et le vieux curé les empoigna, cogna les deux têtes l'une contre l'autre, extirpa les enfants de leur robe de fonction (rouge à dentelles blanches) et ils roulèrent — deux gamins, corps à corps, vêtus de gabardine noire — dehors, déboulant par-dessus le seuil jusque sur la pente raide de la colline.

Debout à la porte de l'église, le curé examina le village en contrebas, à moitié enseveli au milieu des fleurs de marronniers. Des eaux actives d'une rivière, Saint-Jubans grimpait, maison par maison, jusqu'aux versants abrupts, herbeux, qui venaient baigner du roc vif, d'où s'élevaient, pour dominer la vallée rouge, les ruines énormes d'un *château** à bastions, courtines et donjons, avec un pont-levis enjambant les douves à sec. Partout où ils pouvaient prendre pied poussaient la valériane et le lilas en fleurs.

« Les acolytes sont tous des petits diables, » dit le prêtre avec bénignité.

Puis il descendit au repas de noce que l'on voyait comme en coupe horizontale, au bord de la rivière, dans une cour de tilleuls taillés. D'allure, l'homme faisait moins *curé** que soldat, car sa soutane se balançait comme une capote, et lui-même n'offrait pas cette courbure du cou, « le dos rond du curé », dont son Église estampille ses fils dès lors qu'elle les prend jeunes.

Le festin de noce avait pris fin, et la chaleur était tombée quand le curé remonta la pente, sous un énorme parapluie, pour trouver le visiteur parmi les ruines contiguës à la petite église...

« J'ai pour règle de ne pas fumer à moins qu'on ne m'offre. Mille mercis ! Ça doit être du smyrne. (Il rejeta la fumée par ses narines bien découpées.)

Oui, c'est effectivement du smyrne... Excellent ! Et *Monsieur** apprécie-t-il aussi nos "marylands" ? Mmmm... Je me souviens de l'époque où nos tabacs de régie étaient une honte nationale... Depuis combien de temps suis-je ici ? Bientôt quarante ans... Non. Pas beaucoup ailleurs. Cela me suffit...

« De braves gens. C'est une poignée de vieux clans : Meilhac... Leclos... Falloux... Poivrain... Ballart. *Monsieur** a pu remarquer leurs noms sur notre Monument. »

Il indiqua en contrebas le petit *poilu** de fonte qui semble être dans cette région le modèle standard des monuments aux morts.

« Ni riches ni pauvres. Quand la route pour autocars qui doit traverser la vallée sera finie, ils seront plus riches... Des cartes postales pour les touristes, un hôtel et une brocante, sûrement, ici à côté de l'église. D'ailleurs un syndicat d'initiative m'a contacté pour que j'écrive un texte sur les attraits du secteur, ainsi que sur la vie de saint Jubanus... *Bien sûr* qu'il a existé ! C'était un Gaulois qui commandait une légion gauloise à l'époque où le christianisme se répandait dans l'armée romaine. Nous nous... il se battait contre les Bo... les Alemanni... et se trouvait à la veille d'attaquer, quand plusieurs de ses officiers ont choisi ce moment-là pour jeter l'épée et embrasser la Croix. Le sachant baptisé, ils pensaient pouvoir compter sur sa sympathie ; mais il les a sommés d'attendre que la bataille soit finie. Il leur a dit, en gros : » Il faut rendre à César ce qui appartient à César et à Dieu ce qui appartient à Dieu. « Certains ont obéi ; d'autres pas. Mais même avec des troupes défaitistes et démoralisées, il remporta la victoire. On aurait alors voulu lui accorder un triomphe, mais il a écarté la couronne de laurier et du haut de son char, il a renié publiquement son métier et les anciennes divinités. Et on l'a donc (il fallait, j'imagine, maintenir la discipline) décapité sur le champ de bataille où lui-même avait vaincu. Telle est la légende.

» Ses miracles ? Mais il n'y en a qu'un dans les annales ! Il a rendu la vie à un moribond en lui murmurant quelque chose à l'oreille ; l'homme s'est redressé sur son lit et s'est mis à rire. (Voilà une plaisanterie que j'aimerais connaître.) C'est pour ça qu'on a un dicton ici dans la vallée : "Il n'y a qu'un saint Jubans qui t'arracherait un sourire !" Je l'imagine sous les traits d'un vieux soldat, strict quand il s'agit de son devoir, mais également un peu *farceur**. Chaque année, le jour de sa fête, je fais un sermon en son honneur. Et vous constaterez que, lorsque la Guerre a éclaté, la vie de saint Jubanus s'est appliquée à la situation avec une force singulière...

» Si les prêtres ont été mobilisés ? Certainement ! Je suis allé... Ça fait drôle de revenir à sa vie d'autrefois avec une double fonction. On peut parfois, voyez-vous... euh... remplacer une victime si... si on a soi-même l'expérience. Auquel cas, naturellement, on parle de choses profanes en termes profanes. Une minute plus tard on leur donne l'absolution alors qu'ils avancent. Mais c'étaient des braves... oui, des braves gars. Et utilisés n'importe comment... quel gâchis !... C'est pour ça que, de tous les marieurs du village, c'est moi le moins scrupuleux. Demandez donc à nos vieilles !... Oui, *Monsieur**... et j'en suis revenu sans une égratignure... Le bon Dieu m'a également épargné ces ténèbres de l'âme qui en ont enveloppé, et en enveloppent encore tant : le doute… le défi… l'enfer de leur vivant. J'avais pensé de mes ouailles — Dieu me pardonne ! — qu'il n'était pas facile de se frayer un chemin jusqu'à leur cœur ! Et ces mêmes cœurs, après la Guerre, je les ai vus fendus ! Il en est qui ont alors connu un enfer dont ils n'avaient pas soupçonné l'existence, même en rêve… Les mots leur manquaient pour en exprimer les terreurs. Aussi ces hommes, dans leur désarroi, ont-ils eu besoin, dans les années qui ont suivi la Guerre, de davantage de soin et d'attention qu'au Chemin des Dames même… Oui, j'étais là-bas également, quand il semblait que l'espoir avait déserté la France. Je sais maintenant comment un homme peut attenter à ses jours simplement parce qu'il a peur !

» Et il y avait ceux, indemnes, que la Guerre avait immobilisés de l'intérieur. En particulier, il y avait Martin Ballart, le seul de la famille à être revenu… le fils d'une brave femme qui était morte en lui donnant le jour. Lui, franchement, je l'ai aimé dès le début et je crois qu'il m'a aimé. Oui, même lorsque j'ai fait de lui l'un de mes acolytes — vous avez vu, au mariage, le genre d'oiseau, n'est-ce pas ? — et que j'avais à le corriger à chaque instant. Il n'était ni intelligent ni beau, mais il avait des yeux de chien joyeux, fidèle, et le rire de Pan lui-même. Il est revenu finalement — en pièces, flétri, muet — un fantôme qui se rongeait. Il y avait aussi la petite qu'il fréquentait… Quand il se sont revus, il ne l'a pas reconnue. Elle a dit : "Ça ne fait rien. J'attendrai." Mais il est resté dans le même état. Au début il a habité en bas chez sa tante. Si ! il travaillait (à l'époque, on ne restait pas les bras croisés), mais le travail ne l'a pas remis d'aplomb. Il se cachait une heure ou deux et revenait visiblement plongé dans ses affres. Je l'ai observé, naturellement. C'était une petite photographie — l'une de ces maudites photographies Kodak — d'un jeune dans une tranchée, qui dansait langoureusement avec un squelette. C'était le clou de son obsession... Je lui ai laissé sa photo. Si je la lui avais prise, ç'aurait pu déclencher une crise. Autrement, j'ai essayé tous les moyens, y compris l'exorcisme... Et pourquoi pas ? Nous on appelle "diables" ce que vous appelez "microbes"... Il y a une chose, et une seule, qui m'a donné de l'espoir : il avait plaisir à être avec moi. Il me regardait avec les yeux d'un chien qui souffre et il me suivait partout. À bien dire, il vivait chez moi désormais. Il restait là sans bouger, pendant que je jouais au piquet avec Falloux, notre instituteur...

» Ah ! si ce genre d'hommes avaient pâti de la Guerre ! Non, il ne l'avait pas faite. Il avait des problèmes d'intestins, dont je lui disais toujours que c'était une simple constipation d'athéisme. Ah ! quel énorme esprit fort ! Il avait une épaisse barbe brune et un intellect (qu'il affichait, comme sa bedaine) qui n'était heureux que lorsqu'il disait des saletés sur le *bon Dieu** et sur Ses saints. Des petites histoires et autres épigrammes malsonnantes, n'est-ce pas ? Il traitait saint Jubanus de militariste et d'imposteur... ce défaitiste à ventre zeppelinesque ! Mais il était bon au piquet et faisait moins de dégâts sous mon toit qu'à infecter notre café avec ses astuces. Je lui disais toujours qu'il serait sauvé pour cause d'"invincible ignorance". Alors il tonnait :

» "Mais si votre Dieu a un minimum de logique, je serai damné !

» — Rassurez-vous ! répondais-je. Le *bon Dieu** n'entendra jamais parler de vous. Un spécialiste quelconque, un démon de troisième zone, vous déclarera incapable, et le Cartel avec vous, de recevoir la moindre instruction, même rudimentaire.''

» Alors il agrippait sa barbe et jetait les cartes, que mon pauvre Martin nous ramassait par terre. Mais à part qu'il était malpoli avec Dieu et la Hiérarchie, il menait une vie exemplaire. *Pardi** ! il n'avait pas le choix ! Sa patronne s'en chargeait. Ne croyant pas en Dieu, il avait naturellement épousé un démon, devant lequel il tremblait. Avec elle, il est allé à la messe. C'est pour ça qu'il se déchaînait ainsi chez moi le lundi soir. Son athéisme, *Monsieur**, n'était, au bout du compte, que le *panache** sans lequel un bon petit Français ne saurait exister. *Au fond**, il n'y a pas beaucoup d'athées en France. Mais j'admets qu'il y a plusieurs *arrivistes**. Je connaissais la situation (et la patronne) ; alors, je ne me souciais guère de prier pour lui.

» C'était pour mon pauvre Martin que je priais toujours ; mais j'ai prié avec fureur seulement à partir du jour où sa tante m'a dit qu'elle allait l'emmener à Lourdes... Tout homme, outre qu'il est toutes les autres canailles de l'Écriture, est foncièrement un Naaman[1]. Vous avez vu Lourdes, *Monsieur** ! Ah ! Seigneur !

» J'ai donc exposé au *bon Dieu** ce nouveau problème et ma petite âme mesquine. C'est Lui — je me rappelle très bien la nuit — qui m'a persuadé d'adresser sérieusement des prières à saint Jubanus. Certes je lui en avais déjà adressé plein ; mais je me suis avisé à ce moment-là que je ne m'étais pas montré suffisamment précis ou insistant dans mes requêtes antérieures, au vu de sa carrière profane. Cette idée m'a empêché de dormir ; je me suis levé ; je suis allé à l'église, qui, comme vous le voyez, est à deux pas. Une fois là-bas (c'est... c'était... un ancien devoir de ma vie séculière...), j'ai monté la... j'ai fait les cent pas dans le noir. Pour finir, je me suis retrouvé en train de soumettre mon affaire, non pas comme on s'adresse à un saint, mais en langage officiel comme à mon officier. J'ai dit... en substance :

» ''Mon général, l'heure est venue d'agir. Vous avez sacrifié votre vie unique pour défendre l'honneur du soldat que vous étiez. Il y a quelque deux millions de Gaulois qui ont sacrifié la leur pour la même chose, ou à peu près ; ainsi que vingt-trois fils de votre propre village ici chez nous. Il y en a sûrement parmi eux qui se sont présentés devant vous à présent ! Je m'adresse donc simplement à vous en vieille moustache qui essaie de repousser un assaut du Diable contre l'âme de Martin Ballart, caporal au 743e d'infanterie de ligne, objet de deux citations. (Il faut toujours être précis avec la Hiérarchie.) J'ai épuisé toutes mes ressources. Dieu m'a ordonné de me présenter au rapport devant vous. Je ne demande pas de miracles patents, parce que, entre nous, je n'ai pas la moindre envie de voir cette charmante retraite qui est la nôtre devenir un autre Lourdes. Mais je sollicite seulement l'aide de mon officier à propos d'un brave garçon que le sort des armes fait descendre vivant en enfer.'' Et j'ai conclu textuellement : ''*Mon général**, bien des réputations reposent sur une action isolée. Ainsi le veut, là encore, le sort des armes. Mais je voudrais dire respectueusement que, après vos seize cents ans de retraite, il n'y a rien d'excessif à ce qu'un vieux combattant de votre terroir demande, à bout de forces, un petit renfort de la part de son commandant..."

» Je crois... en fait je *sais* pertinemment... d'après ce qui s'est passé par la suite... qu'il a été touché par ce dernier trait. C'est comme si toute la bonne nuit de Dieu s'était mise à rire doucement au-dessus de ma tête. Je suis retourné me coucher et j'ai dormi le cœur confiant...

» Si j'ai guetté un signe ? Gouraud[2] en a-t-il donné quand il nous a vengés du Chemin des Dames — quand il a laissé l'ennemi tomber, sur sa propre lancée, dans le piège ? Non ! J'ai poursuivi ma tâche, et toujours j'ai prié pour Martin. Puis voilà qu'est arrivé dans notre vallée — comme il le fait tous les ans — le réparateur ambulant de parapluies, pour lequel ma gouvernante met de côté ce qui demande réparation. Elle s'était procuré un bout de tissu pour rentoiler mon parapluie, qui, comme vous le voyez, est d'une taille passablement impressionnante et déjà d'un certain âge. En fait, je ne sais pas s'il existe encore un autre engin efficace du même type, monté, vous le noterez, avec l'os de baleine véritable. Regardez ! Il est immense, mais l'était encore plus lorsque cet artiste est arrivé. Le bout de tissu de ma Mathilde s'est avéré être d'une grandeur insuffisante. Mais l'homme a dit que, à condition de raccourcir un tantinet l'extrémité des baleines, il pourrait réduire la surface du parapluie à celle du tissu. Vous avez le résultat sous les yeux. Légèrement plus petit, mais fondamentalement le même. Et tout aussi solide. *Mon Dieu**, il fallait qu'il le soit !... Oui, parfois je vais jusqu'à penser que cet ivrogne de vagabond aurait pu être saint Jubanus lui-même !...

» Cela se passait entre-temps — tandis que le bon saint préparait sa deuxième ligne — exactement comme notre ami Gouraud. Pendant ce temps-là j'écoutais la tante de mon pauvre Martin qui se préparait à l'emmener à Lourdes, voyage que j'étais obligé officiellement d'approuver. Car quel miracle nous autres avions-nous à présenter ? En outre, je souffrais patiemment les attaques de ce Falloux. J'ai dû dire quelque chose, par rapport au Tout-Puissant, qui a détourné de cette cible-là les cochonneries de l'instituteur et, du coup, il s'en est pris à saint Jubanus. C'est à ma propre vanité — le syndicat d'initiative m'ayant contacté, comme je vous l'ai dit, pour que j'écrive une biographie du saint à l'intention des futurs touristes — que je dois cette fois mon malheur. Je crains d'avoir, une ou deux fois, avec Falloux, perdu ma dignité de prêtre. Il prétend que j'ai juré comme un chasseur à pied — ç'avait été son régiment. (Pauvres petits rats de l'infanterie de ligne !)...

» Le jour de la fête de notre saint patron, il tombait de l'eau ; je savais donc que tout le monde serait présent. Avant le discours j'avais dû répondre à un appel à l'extérieur du village — à deux ou trois kilomètres le long de la route. À mon retour, j'avais mis à sécher mon parapluie réparé, qui dégoulinait comme trente-six fontaines... Mais nous allons marcher jusqu'à l'église... c'est à deux pas... et je vous montrerai l'endroit. Il fera également plus frais à l'intérieur... Il est exact qu'on nous laisse dans un état épouvantable, mais, comme vous dites, ce vitrail est un bijou. Il représente sans l'ombre d'un doute saint Jubanus...

» Mon parapluie ? Je l'ai déposé derrière ce pilier-ci, devant la sacristie. Et à côté du pilier, comme vous voyez, se trouve tout ce qui nous tient lieu de vestiaire — cette armoire, avec ses étagères. Observez que j'ai posé mon parapluie, toujours ouvert, à cet endroit, couché sur le côté. Comme ça ! En ce qui me concerne, quand je prêche, bien que je ne sois pas un orateur, je préfère la soutane, sans rien par-dessus. Ça gêne moins le mouvement ; mais, par respect pour notre saint, j'ai revêtu le surplis. En même temps, j'ai dit à mes deux acolytes — et c'était exactement le genre d'oiseaux que vous avez vus après le mariage ; c'est le Diable qui le veut ! — de me préparer les habits sacerdotaux pour la messe de bénédiction qui suivrait mon sermon. Il leur appartenait d'extraire ces habits avec un minimum de tenue de l'armoire qui est là-bas. Cela tardait un peu. J'ai fait un pas de côté pour jeter un coup d'œil, car — un acolyte est capable de tout — il me semblait qu'ils avaient choisi ce moment-là pour s'amuser avec mon parapluie. Je leur ai demandé pourquoi ils ne le laissaient pas tranquille. L'un a répondu qu'il ne le pouvait pas ; et de l'autre sont sortis ces horribles ricanements de gamin nerveux. Le Ciel me pardonne ! mais je suis d'une patience limitée. J'ai déclaré que j'avais le moyen de me faire obéir. Ces lieux résonnent et permettent des effets de voix aux moments cruciaux.

» Mais c'est mon parapluie qui à cet instant-là est devenu le centre d'attraction. Il fuyait devant moi avec ces deux jeunes attachés à des points différents de sa circonférence. En même temps, il tournoyait péniblement dans l'ombre qu'on voit là-bas. J'ai suivi, stupéfait, et exigé quelque explication de ce scandale. Il m'a répondu, à deux voix, exprimant l'une et l'autre un égal regret, qu'il était attaché et qu'il n'arrivait pas à se libérer. J'ai pressé le pas pour venir à l'aide. Ils ont dit par la suite s'être alors trompés sur mes intentions. Tout ce que je sais, c'est que mon parapluie, toujours ouvert, mais torturé par des compressions d'inégale intensité, a, chose indescriptible, descendu ces trois marches-ci et a fait son entrée dans le corps même de l'église où les fidèles attendaient mon sermon. D'un côté de son vaste cercle, que vous voyez, se trouvait un acolyte, tourné vers l'intérieur, qui s'agriffait aux dentelles parant sa poitrine et son coude. De l'autre se trouvait son camarade, inextricablement coincé très haut sous l'aisselle, qu'il ne pouvait atteindre de sa main libre parce qu'il était tourné vers l'extérieur, comme épinglé par sa tenue d'église. L'effet principal, *Monsieur**, était celui d'une pagode irreligieuse qui effectuait un *pas de trois** dans un édifice sacré, au son de pleurnicheries grandissantes. C'était avant qu'ils s'écroulent, ces jeunes. Hasard ou bien calcul, l'enfant tourné vers l'intérieur s'est raccroché à la nuque de l'autre. En France, nous rasons la tête de nos garçons, heureusement. Mais il avait des ongles, celui-là, et l'autre a protesté...

» Moi ? J'ai suivi, ont dit les gens, pas à pas, lentement, bouche bée. Un instinct sans doute m'a averti de ne pas approcher au risque de me faire... euh... accrocher par ce char. L'incident m'est également apparu drolatique, chose qui m'arrive souvent à contretemps. J'ai eu envie de voir comment cela se terminerait... Mais on n'en était qu'au commencement. Mes ouailles n'en croyaient pas leurs yeux. Mon parapluie poursuivait sa course, d'une manière indécise mais continue. Puis l'un de ces petits Juggernaut[3] — si c'est comme ça qu'on dit — s'est mis à pleurer. L'autre en a fait autant... Ensuite ? Ensuite, *Monsieur**, ce Falloux — cet athée à l'esprit pratique et logique, qui croit que la raison est la source de tout — a bondi dans la brèche en criant : "Mais ils sont attachés ! Arrêtez-vous ! Je vais vous détacher !" Mais ils ne voulaient pas s'arrêter. La mosquée baladeuse de mon parapluie a repris la direction des opérations. Sa poignée, voyez-vous, sautillait, courait, glissait sur le sol de pierre comme des pointes de danseuse. Ce mouvement, joint à l'élasticité naturelle des baleines, fournissait les seules figures du ballet. Comme Falloux se penchait jusqu'au bord du parapluie (en myope qu'il était, à tous égards), l'un des côtés s'est soulevé et l'extrémité d'une baleine s'est prise dans la barbe sous son menton. Il est apparu alors qu'il ne pouvait pas se dégager. Il a gesticulé, puis s'est écrié : "Mais me voilà à mon tour attaché ! Arrêtez-vous, bougres de marmots, jusqu'à ce que je me détache !" Et de s'affairer à deux mains dans les fourrés de sa barbe, tel un homme qui se suicide et n'a pas une seconde à perdre. Mais il est resté... sans bouger... répondant par des jappements de douleur aux cris de douleur du cirque rival, dans l'orbite duquel s'était désormais logée, à leur hauteur, la tête, déformée, menaçante, de leur précepteur exécré... Après ?

» Il y a des circonstances, *Monsieur**, où il faut conduire la charrette des condamnés ou y monter soi-même. J'ai explosé une fraction de seconde avant mes ouailles, épargnant sans doute à certains une rupture de vaisseau. Remarquez ! nous n'avons pas ri énormément. Nous avions déjà dépassé ce stade quand nous avons commencé. Vite... très vite... on ne pouvait plus. On ne pouvait plus que se tordre les côtes — ce qui, je vous assure, est extrêmement douloureux —, tandis que mon insolent parapluie promenait ses trois adhérents d'ondulations en génuflexions païennes. C'était le bassin de Salomé, vous comprenez, qui dansait tout seul avec toutes les apparences de l'allégresse et montrait à droite et à gauche la tête de l'apôtre et celle, en plus, de deux des innocents. Mais pas les saints innocents, ceux-là !

» Après quoi, *elle*, elle s'est levée de son banc et elle a dit : "Imbécile ! Arrête donc de remuer ! Je vais chercher les ciseaux."

» Elle est sortie. C'était cruel de la part du saint de nous forcer à recommencer. Nous ne pouvions que continuer à nous tordre les côtes, à hoqueter, à supplier Falloux de ne pas bouger. Il ne voulait pas... il ne pouvait pas... à cause de ces jeunes qui, pleurant de honte, cherchaient toujours à s'extriquer séparément. Falloux épousait le moindre de leurs mouvements. Vous comprenez, il était attaché à sa troupe par les poils, et ça fait mal quand on les arrache — ô délices ! Mais il a fait de son mieux. Je n'ai jamais imaginé pareils mouvements, même en rêve. Vous comprendrez, *Monsieur**, qu'il y a certains phénomènes d'ordre physique inséparables des contortions d'un homme globulaire soumis à des exercices inhabituels. Et ceux-ci nous ont été, eux aussi, octroyés !...

» On raconte que j'étais à genoux en train de me taper le front sur le dossier d'un *prie-Dieu**, lorsque nous avons entendu, perçant le tintamarre, le rire de Faune lui-même — la voix chérie, la voix naturelle de mon Martin, débordante d'innocente allégresse, qui criait : “Ah ! recommence ! Si tu m'aimes, tonton Falloux, recommence !”

» Comme un seul homme, on s'est tous retournés et la jeune fille de Martin, qui s'asseoit toujours là où elle peut le voir, l'a serré contre elle. Le miracle s'était produit !... Oui, à partir de cet instant, Falloux a cessé d'être le centre d'attraction. Puis la patronne est revenue, telle Atropos[4]. Elle a coupé. Elle a libéré son mari, jeté les cisailles à terre et fait sortir Falloux... Moi ? J'ai ramassé les ciseaux et procédé à mon autopsie sur mes acolytes avec davantage de circonspection. Les barbes se renouvellent, mais pas nos pauvres petits habits d'église une fois qu'ils sont déchirés...

» L'explication ? Elle est moderne et scientifique, *Monsieur**. Saint Jubanus — le réparateur de parapluies — avait, comme je vous l'ai dit, raccourci les baleines du mien. Regardez ! Il avait alors coiffé la pointe de chaque baleine d'un grand embout de fer blanc, estampé, qui, vous le constaterez, s'enclenche à fond. Il ressemble un peu aux anciens porte-mousqueton sur le timon d'un chariot d'artillerie et est fait à merveille pour se prendre dans n'importe quels tissu ou système pileux. Mais, pour faire bonne mesure, en emboîtant ses capsules, qui lui facilitent le travail et portent les lettres S.G.D.G.* (ce devrait être “A.M.D.G.”**), cette

---

* S.G.D.G. : sans garantie du gouvernement. Formule qui, apposée sur les brevets d'invention, a pour objet d'attester que l'État ne se porte pas garant de la réalité ni du mérite de l'invention (N.d.T.).

** A.M.D.G. : *ad majorem Dei gloriam* (pour une plus grande gloire de Dieu), devise de l'ordre des Jésuites ; les initiales A.M.D.G. servent d'épigraphe à la plupart des livres émanés de cette Compagnie (N.d.T.).

fripouille inspirée avait fait rebiquer les lamelles... les fibres... comment ça s'appelle ?... par où se termine l'os de baleine. Vous pouvez les voir qui dépassent voracement de la base de chaque embout et des fentes latérales aussi... Avez-vous oublié ces épis de graminées avec lesquels on emmêlait et entortillait les cheveux soyeux dans le cou des filles ? La même chose, *Monsieur** ; mais dans une barbe suffisamment hirsute, c'est inextricable et la moindre saccade cause une torture extrême.

» Oui. Quand Martin a ri, tout le monde s'est arrêté, sauf Martin et sa jeune fille. Ils pleuraient ensemble — les larmes qui viennent de l'âme. Je leur ai dit :

» "Allez dehors, mes enfants ! Aujourd'hui, le monde entier est pour vous le paradis. Entrez-y !"

» J'avais mes raisons. Ils n'auraient pas écouté mon beau discours. Ah ! celui-là, il fallait le rebâtir pendant que nous reprenions notre sérieux, parce que, à ce moment-là (il est exact, *Monsieur**, que le Diable a sa tanière favorite sous l'autel), à ce moment-là est venue ma tentation ! Saint Jubanus m'avait livré Falloux. Lui, qui avait raillé Dieu et les saints et Les avait défiés à coups de menton, s'était, en bonne logique, fait prendre et secouer par ce même menton devant tout le *souk*, comme j'ai moi-même... comme j'ai moi-même... comme j'ai vu un homme traité à Sidi Bel Abbès ! Non ! il n'allait pas s'en remettre ! Seul, par le pouvoir de ma langue, je le dégommerai de son poste ! de sa civilisation ! de son amour-propre ! Mais je me suis rappelé que c'était un Gaulois qui avait été publiquement déshonoré et qu'il était donc fou désormais. On ne se moquait pas deux fois... on ne devait pas se moquer... d'un homme qui avait pareillement souffert. Car j'ai vu bien des soldats perdus comme ça pour la France. De plus, c'était une âme dont j'étais responsable...

» Toutefois, vous en conviendrez, cette volte-face exigeait du savoir-faire. Saint Jubanus est alors venu à ma rescousse. C'était comme s'il avait lui-même donné le signal de passer "à l'objectif suivant ! Charge ! Martin est sauvé ! Sauve à présent coûte que coûte l'homme qui m'a servi à le sauver ! Au besoin, vieux camarade, mens ! Mens pour l'honneur de la légion !" (*Pristi** ! quel chef il avait dû être en son temps !) J'ai immédiatement pris pour texte notre dicton : "Il n'y a que saint Jubans qui t'arracherait un sourire !"

» Naturellement je leur ai bien fait comprendre d'abord que les mérites de notre saint allaient jusqu'à couvrir le péché qui consiste à rire à l'église. J'ai montré ce que ce rire avait fait pour notre pauvre Martin, dont tous connaissaient les tourments. Je leur ai dit — et c'est la vérité — que le *bon Dieu** n'exige rien des honnêtes gens que de rire honnêtement, et que celui qui suscite ce rire est un bienfaiteur. Puis j'ai loué l'instrument du miracle. Autrement dit, Falloux, qui s'était prêté de bonne grâce et avec tant d'abnégation à cette heureuse circonstance. (Après tout, quant aux jurons, il s'en était tiré assez honorablement... pour un chasseur à pied !) J'ai dit que nous avions souvent parlé ensemble tous les deux du cas de Martin. (J'avais ordre de mentir... et je suivais mes instructions de façon libérale.) J'ai exposé qu'un homme moins généreux d'esprit se serait dégagé (ce qu'il n'aurait pu faire sans les ciseaux de sa femme) avant que l'expérience soit terminée ; mais que Falloux était, lui, d'une stature morale suffisante pour avancer sous une *mitraille** de dérision jusqu'au réveil complet de l'âme de Martin. J'ai dit que, tout esprit fort qu'il était, Falloux — oui, cet animal de Falloux — comprenait la valeur de la thérapeutie morale. (Ce mot leur a causé un vif plaisir. Ils ont cru que c'était le dernier vice à la mode à Paris.) Pour Falloux lui-même, qui —c'est sa femme qui me l'a dit plus tard — se rongeait les ongles dans le poulailler, mort de honte, j'ai improvisé une citation spéciale. Non. On ne lit pas Rabelais au village ; mais lui, si. J'ai donc comparé — le Ciel me pardonne ! — cette pauvre âme constipée, avec sa brioche, à Gargantua. Oh ! seulement de manière implicite, *Monsieur** ! J'ai déclaré que la grandeur de son geste moral d'effacement était gargantuesque en son total abandon. Cette expression les a, elle aussi, impressionnés. Ils se sont alors rendu compte que ce n'était pas une comédie à laquelle ils avaient assisté mais un miracle...

» Et j'ai continué à travailler mes ouailles ! *Mon Dieu**, je suais comme un bœuf ! Finalement, ils ont suivi le sillon et je les ai invités à rendre hommage à Falloux. Et j'ai réussi ! Je les ai emmenés jusqu'au bas de la colline afin qu'ils l'acclament *en masse** ! Il est sorti en se ruant sur nous comme une bête sauvage. Mais je lui ai expliqué le but de notre démarche et alors, il fut — cette énormité de Falloux — convaincu qu'il s'était scientifiquement prêté à une gargantuesque galéjade marquée par une abnégation d'un abandon total parce qu'il était expert en thérapie morale !... Ce fut — mis à part mon sermon, qui était manifestement inspiré — le deuxième miracle, *Monsieur** — l'humiliation de Falloux, et, ma foi, sur son point le plus sensible ! Et son rachat aussi ! Car aujourd'hui c'est la patronne la plus mécréante des deux. C'est une femme. Elle sait que je peux être, à l'occasion, menteur tout aussi redoutable...

» Mais ç'a été une orgie des meilleures cigarettes et, pour moi, une débauche de conversation ! Voilà qui exige au moins que j'offre une tasse de café, qui ne sera peut-être pas trop détestable. Allons-y !... Mais ma petite maison est ici — sous la main, voyez-vous — à deux pas... Mais voyons ! tout le plaisir est pour moi, *Monsieur** !... Quoi ? Quoi ? Qu'est-ce que vous me chantez là ?... Passez-moi l'expression ! Mais saint Julien d'Auvergne n'a absolument rien à voir avec saint Jubanus. Ils sont parfaitement différents. Je vous supplie de renoncer à pareille hérésie ! Auvergne ! Auvergne ! "Renommée pour ses collèges et ses bouilloires", comme je l'ai lu un jour quelque part. Impossible ! Absolument impossible ! Saint Julien était officier romain — sans aucun doute d'une sainteté irréprochable — mais un Latin ; alors que notre général était gaulois — aussi gaulois que... »

Il fit signe à un jeune homme, fortement charpenté et bien enveloppé (un bon représentant de l'après-guerre) qui, du bas des champs, gravissait la colline derrière une paire de bœufs à robe or et argent et à perruque de mouton. Il montait lentement, en souriant.

» ... Aussi gaulois que lui, reprit le prêtre. Regardez-le ! C'est lui qui, ce jour-là, était cloué par le dos à mon parapluie !... Dis à *Monsieur** comment on t'appelle au village maintenant ! »

Le sourire du jeune homme s'épanouit en un rire radieux.

« *Parapluie**, *Monsieur** ! » dit-il, avant de reprendre son ascension.

Le prêtre s'arrêta devant sa porte.

« Mathilde ! cria-t-il, la grande bouteille... euh... de la Martinique ! et ton pain d'épice ! et mon café d'Afrique, deux tasses ! *Pardi**, *Monsieur** ! il y a quarante ans, il y aurait également eu deux pistolets, si j'avais su quoi que ce soit sur les saints à l'époque ou que je m'y sois intéressé ! Tu parles ! Saint Julien d'Auvergne ! Mais je vais vous expliquer. »

Notes du traducteur

Aurore manquée

1. *A Diversity of Creatures*, recueil de nouvelles de Kipling publié en 1917.

2. Sir William Gilbert (1836-1911), dramaturge et humoriste britannique, écrivit le livret de nombreuses opérettes composées par sir Arthur Sullivan (1842-1900).

3. Cette rue de Londres, dans le quartier de Soho, était alors connue pour ses boutiques d'antiquaires dont les articles étaient souvent faux. De là le sens péjoratif de l'expression appliquée à toute une catégorie de romans historiques, les *Wardour Street novels*.

4. *Knight of the British Empire* : littéralement « chevalier de l'Empire britannique » ; ce grade correspond davantage en fait à celui de « grand officier », mais il importe ici de garder la référence à la chevalerie. L'ordre de l'Empire britannique fut institué en juin 1917 pour récompenser des services de guerre tant civils que militaires. Il comprend cinq classes, à savoir, par ordre décroissant d'importance, *Knight Grand Cross* (G.B.E.), *Knight Commander* (K.B.E.), *Commanders* (C.B.E.), *Officers* (O.B.E.) et *Members* (M.B.E.).

5. L'humour noir de l'auteur s'exerce ici aux dépens de F. Alvarez de Tolède (1508-1582), duc d'Albe, général de Charles-Quint et de Philippe II d'Espa-

gne, qui l'envoya aux Pays-Bas en 1567 comme capitaine-général. Il soumit la Hollande au prix notamment de 18 000 exécutions en six ans.

Tante Ellen

1. Ile de la mer du Nord, située entre Édimbourg et Newcastle, haut lieu des débuts du christianisme en Angleterre.

2. Le terme « spider » a désigné, à partir de 1931, l'emplacement aménagé à l'arrière des cabriolets automobiles et pouvant recevoir des bagages ou même des passagers.

3. Voir Esaïe, LV, 3.

4. Rue du beau quartier de Chelsea, à Londres, entre Hyde Park et la Tamise.

5. On appelle *regius* les cinq chaires d'enseignement supérieur créées et dotées par Henry VIII à Oxford (droit, médecine, hébreu, théologie et grec).

6. Voir note 3 ci-dessus.

7. Le jour où Samson brisa les piliers de Gaza. Voir dans l'Ancien Testament, Juges XVI.

8. Allusion au plus célèbre des poèmes de William Wordsworth (1770-1850), « *I wandered lonely as a cloud* », publié en 1807, qui évoque la danse des jonquilles dans le vent sur la berge d'un lac.

9. Le mot « barre » a ici le sens particulier (s'appliquant surtout à la navigation à moteur) d'angle du gouvernail.

10. En langage de marine, « laisser arriver » signifie

venir de telle façon que l'avant du navire s'éloigne du lit du vent.

11. Boudicca ou Boadicée, femme du roi des Icéniens, peuple établi dans la partie orientale de ce qui est aujourd'hui la Grande-Bretagne. Elle lutta contre les Romains et, vaincue, s'empoisonna en 61 après J.-C.

12. Station d'émission radiophonique mise en service aux États-Unis en 1922 par la compagnie American Telephone & Telegraph, qui louait son temps d'antenne.

13. Sir Robert William Peel (1788-1850), premier ministre britannique (de 1834 à 1835 et de 1841 à 1846), fondateur du parti conservateur.

14. L'une des nombreuses variantes d'une chanson galante chantée par les soldats britanniques présents sur le sol français pendant la Première Guerre mondiale. L'expression « *parlez-vous* » (ou « *parleyvoo* ») a fini par désigner le français, un Français ou une Française ; « inky » suggère le noir d'encre et « pinky » le rose.

Touché des fées

1. Voir Genèse, I, 16.

2. William Lilly (ou Lily) (1602-1681), astrologue anglais qui connut un immense succès ; auteur d'une vingtaine d'ouvrages sur l'astrologie.

3. La numérotation dépend de la date de fondation de la loge : plus le nombre est élevé, plus la création est récente. « Constitution anglaise » indique que

la loge observe les rites et principes fixés dans la constitution de la Grande Loge d'Angleterre.

4. Jeu où l'on pousse un palet sur une longue table et où celui dont le palet est le plus près du bord gagne et celui dont le palet tombe perd son coup.

5. « Tontine » traduit ici l'anglais « *Odd-fellows* », qui désigne les membres d'une fraternité apparue en Angleterre au XVIIIe siècle et établie à des fins sociales et charitables, surtout pour le secours aux adhérents en cas de maladie, de difficultés financières ou autres. Ses rites initiatiques passent pour imiter ceux de la franc-maçonnerie et s'accompagnent de signes mystiques de reconnaissance et d'une hiérarchie de grades d'honneur.

6. Chez les franc-maçons, le Vénérable préside la loge, dont il nomme les officiers, à l'exception du trésorier et du tuileur, qui sont élus. Kipling a été toute sa vie un maçon très actif ; initié en 1886 en Inde à la loge Espoir et Persévérance, il a appartenu en Angleterre aux loges Bâtisseurs de la Ville silencieuse n° 4948 et Auteurs n° 3456, de l'Orient de Londres.

7. Type de bombardier utilisé par l'Allemagne pendant la Première Guerre mondiale (du nom de la ville de Gotha où se situaient des usines d'aviation).

8. Les francs-maçons s'appellent « Frères » entre eux.

9. Allusion au « Dit du vieux marin », le plus connu des poèmes de Samuel Taylor Coleridge (1772-1834), publié en 1798 dans le recueil *Lyrical Ballads*. Puni pour avoir tué un albatros, le vieux marin ne revient magiquement au pays que pour entamer une vie d'errance, au cours de laquelle le

récit de ses malheurs en mer devient chez lui une obsession.

10. John Gerard (1545-1612), botaniste anglais, auteur d'un célèbre herbier, *The Herball, or General Historie of Plants* (1597).

11. Juliana Horatia Ewing (1841-1885) connut la célébrité en tant qu'auteur de livres pour enfants.

Mutinerie à bord

1. En terme de marine, le personnel équipant (« armant ») une embarcation.

2. Appellation familière du maître d'équipage (dans la Marine marchande), du maître de manœuvre (dans la Marine de guerre).

3. Variété de crabe terrestre.

4. Placer la voile de façon à arrêter la marche d'un bateau.

5. Variété de fort cordage. L'expression utilisée par Kipling signifie littéralement « Craque-la-chemise ! », en référence à la chemise de laine portée par les matelots avant l'époque du jersey.

6. Nom d'une série de bâtiments de guerre britanniques. Lancé en 1906, le premier reçut en grande pompe à son bord, quatre ans plus tard, des « princes d'Abyssinie », dont la presse révéla ensuite qu'il s'agissait de sujets britanniques grimés et travestis, au nombre desquels figurait Virginia Woolf. Cette supercherie jeta le discrédit sur la Royal Navy.

7. Surnom donné par les matelots de la Royal Navy à l'amiral lord Fischer (1841-1920), responsable de l'introduction en 1906 des *dreadnoughts*, en prévision d'une guerre avec l'Allemagne.

8. Dans le parler matelot, les anciens de la voile traduisaient par cette expression le mépris que leur inspiraient les améliorations récemment introduites à bord des navires de guerre britanniques.

9. Six des vingt navires de guerre cités dans la nouvelle, construits en bois et peints en noir, furent lancés en Grande-Bretagne entre 1861 et 1870, avant que se répande l'usage de peindre en blanc les bâtiments à coque métallique, pour réduire la chaleur qui pouvait régner à bord dans les zones torrides.

10. Surnom de la première escadre à faire le tour du monde dans les années 1870, sous le commandement de l'amiral britannique Hornby (1825-1899). Les hommes à bord n'avaient droit qu'à des rations minimum.

11. Dans le parler matelot, brume courante et mouillante, crachin très fin, plus épais que la bruine.

12. Dans le parler matelot, un cuirassé.

13. L'entrepôt des gréements.

14. En termes de marine, tout ce qui, à bord, est fait avec une longue pièce de bois, ou ne fait pas partie de la coque (mât, vergue, corne, gui, bout-dehors etc.).

15. Espar arrondi ou aplati servant à porter une voile hors de l'aplomb du navire, prolongeant les vergues.

16. Voile supplémentaire s'ajoutant latéralement de

chaque côté d'une voile carrée, au moyen de bout-dehors.

17. Mélange de salpêtre, de charbon et de soufre, utilisé autrefois dans les armes à feu de guerre et de chasse.

18. Dans le parler matelot, cabinets de l'équipage, placés en principe à l'extrémité avant du navire.

19. En termes de marine, frapper le battant sur la cloche, d'autant de coups doubles qu'il s'est écoulé d'heures depuis 0 heures, 4 heures, 8 heures, 12 heures etc... Aux demies, on frappe un coup simple en plus de l'heure précédente.

20. Espar transversal soutenant une toile de tente.

21. En termes de marine, pièce de bois en forme supportant une embarcation etc., la maintenant droite.

22. En termes de marine, à reculons.

23. En termes de marine, longer de très près.

24. Dans le parler matelot, piquer du nez dans les embruns.

25. Dans le parler matelot, râleur.

26. Dans le parler matelot, grommeler, ronchonner.

27. Dans le parler matelot, mauvais matelot qu'on envoyait souvent nettoyer les poulaines ; tire-au-flanc.

28. Dans le parler matelot, placer quelqu'un en état d'infériorité.

29. Dans le parler matelot, mauvais matelot, mauvais camarade.

30. Dans le parler matelot, mauvais marin.

31. Dans le parler matelot, cahier de demande de punition.

32. En termes de marine, raidir fortement, serrer (un nœud).

33. Dans le parler matelot, en parlant d'une situation qui se présente mal pour quelqu'un.

34. Dans le parler matelot, écrire un nom sur un carnet, souvent en vue d'une punition ; se faire attraper.

35. Le mousse, devenu « novice » à 16 ans, est porté sur le rôle en qualité de « matelot-léger » de 18 à 20 ans.

36. En termes de marine, tirer vers soi à bras, haler dessus.

37. Dans le parler matelot, un affreux bateau.

38. Dans le parler matelot, le petit sifflet de manœuvre anglais. L'usage du sifflet, qui remonte au Moyen Âge dans la Royal Navy, est réservé aux gradés de la manœuvre, pour commander celle-ci. La tradition a longtemps été, lors du débarquement de l'officier de manœuvre, de lui offrir un sifflet, qui parfois portait gravés son nom, celui du navire et le millésime.

39. Dans le parler matelot, stopper net, réprimander. Un tour mort est une attache qui se fait en passant, sur une pièce saillante, un seul tour d'un cordage qu'on ramène ainsi sur lui-même.

40. En termes de marine, ensemble de matelots (en général 8) mangeant à la même gamelle. L'homme de plat est celui qui va faire remplir la gamelle à la cuisine.

41. Dans le parler matelot, se dépêcher.

42. Dans le parler matelot, taper dans le derrière.

43. Dans le parler matelot, ouvrir les yeux.

44. En termes de marine, période de deux heures (ordinairement le quart dure quatre heures) pendant laquelle une partie de l'équipage, à tour de rôle, est de service.

45. En termes de marine, l'empointure est l'angle supérieur d'une voile carrée.

46. Bateau arabe qui transportait notamment des esclaves africains entre Zanzibar et l'Arabie ou l'Inde.

47. En termes de marine, cordage ou câble de remorquage et de halage.

48. Ce commandement existait bel et bien. Il donnait le signal d'un joyeux défoulement des hommes à bord, notamment sous forme d'un jeu de la queue leu leu dans la mâture.

49. Dans le parler matelot, avancer nonchalamment.

50. En termes de marine, dénouer.

51. Dans le parler matelot, attrapé, coincé. En termes de marine, les balancines sont des cordages qui soutiennent les vergues. Traduite littéralement, l'expression argotique anglaise serait : « coincé sous le linguet », le linguet étant une courte barre de fer mobile qui empêche un cabestan ou un guindeau de dévirer, c'est-à-dire de tourner dans un sens contraire à celui de leur mouvement.

52. Dans le parler matelot, le coiffeur du bord.

53. En termes de marine, cordage servant à étayer un mât supérieur par le travers et vers l'arrière.

54. En termes de marine, céder, casser.

55. Dans le parler matelot, presser, faire s'activer.

56. Dans le parler matelot, nœuds de vache, mal faits.

57. Dans le parler matelot, piètre marin.

58. En termes de marine, inclinaison sur l'horizontale de la silhouette d'un navire.

59. Ce mot japonais signifiant « Vive... ! » était le cri poussé par les soldats de l'empereur courant sus à l'ennemi. Depuis la guerre russo-japonaise de 1905, il désignait, dans l'argot de la Royal Navy, hostile à la Russie tsariste, les permissionnaires courant bordée à terre.

60. Dans le parler matelot, mécanicien à bord d'un vapeur ou matelot sans spécialité, qui passe beaucoup de temps à astiquer les bronzes et les cuivres à bord d'un navire de guerre britannique.

61. Dans la parler matelot, coup de vent plus prompt à se déclarer.

62. En termes de marine, faire ou laisser faire un tour de chaîne autour du jas de l'ancre.

63. Port de la côte sud de la Jamaïque, qui fut le centre le plus actif des Antilles britanniques.

64. En anglais *Chatty* et *Bugs*, deux sobriquets appliqués dans la marine britannique à tout marin d'aspect négligé. Mais toute personne nommée Harris était également surnommée *Chats*.

65. Dans le parler matelot, un paquet de mer.

66. Dans le parler matelot, le capitaine d'un navire de guerre.

67. En termes de marine, un montant de poupe.

68. En termes de marine, filin assurant la liaison de la roue d'un appareil à gouverner avec le gouvernail.

69. Dans le parler matelot, aspirant.

70. Dans le parler matelot, carrément, franchement.

Vues humaines

1. Traduction française : Bible de Jérusalem.

2. En termes de marine, perche ou vergue établie en diagonale sur une voile pour écarter du mât l'angle supérieur.

3. En termes de marine, petite voile aurique ou au tiers établie sur un mât de tape-cul, situé tout à l'arrière, derrière la barre.

4. En termes de marine, remplir une cale, un entrepont jusqu'aux barrots (poutrelles transversales d'un navire, qui supportent les ponts secondaires et les planchers de cale).

5. En termes de marine, passer par-dessous la carène d'un navire et serrer des câbles et des grelins (forts cordages) pour l'empêcher de s'ouvrir.

6. En termes de marine, revêtement épais en planches sur les bords d'un pont de navire.

7. En termes de marine, partie en saillie qui prolonge et renforce l'étrave d'un navire en bois et supporte le beaupré.

8. En termes de marine, arrondi arrière du flanc d'un navire.

9. En termes de marine, partie émergée de la coque.

10. Dans le parler matelot, très fort coup de vent.

11. En termes de marine, parer un cordage, c'est le disposer, le tenir prêt.

12. En termes de marine, l'écoutille principale. Les écoutilles sont des ouvertures dans les ponts du navire pour accéder à l'entrepont et à l'intérieur ; elles sont fermées par des panneaux.

13. En termes de marine, anneau métallique destiné à recevoir un amarrage.

14. Gréée avec des avirons montés de manière à n'avoir qu'un aviron et qu'un rameur sur chaque banc de l'embarcation.

15. Sulinor a peut-être romanisé son nom en entrant au service de César. Kipling ne l'appellera plus désormais que Sulinor.

16. Ville à l'embouchure du Danube.

17. Mot latin signifiant marchand d'esclaves. A donné en argot de marine anglais *to mangonize*, faire la traite.

18. La mer Noire.

19. La Dacie était une grande contrée au sud-est de la Germanie ; aujourd'hui la Moldavie, la Valachie.

20. Voir Actes des Apôtres, XXV, 12.

21. « La paix », en grec.

22. En Méditerranée orientale, du temps des Romains, on ne prenait pas la mer entre septembre et mars, à cause des risques de tempêtes.

23. Ville de Lycie, au sud-ouest de l'Asie mineure.

24. En termes de marine, ancre dont la chaîne est verticale par rapport à la mer.

25. Ville de Carie, province de l'Asie mineure.

26. Dans le parler matelot, courir beaucoup de petites bordées, sans résultat. L'expression anglaise ici traduite, *darning the water*, elle aussi tirée de l'argot de marine, désigne le « vat-et-vient » des navires de guerre devant un port qui fait l'objet d'un blocus.

27. Les licteurs, qui précédaient les magistrats

ou l'empereur de Rome dans leurs déplacements, portaient une hache placée dans un faisceau de verges.

28. En termes de marine, déplacer un bateau le long d'un quai, à l'aide d'un cordage.

29. Banc transversal où s'installent les rameurs.

30. Tirer sur les avirons pour nager (c'est-à-dire ramer) avec plus de force.

31. Ferrure en forme de croissant, ou tolet en fourche fiché sur le bordage d'une embarcation pour servir de point d'appui à l'aviron pendant la nage.

32. Diminuer l'effort qu'on exerce sur les avirons.

33. Dans le parler matelot, un mât.

34. Dans le parler matelot, tenir le coup, résister.

35. En termes de marine, se dit d'un navire qui réduit sa voilure pour offrir moins de prise au vent.

36. En termes de marine, laisser descendre lentement, sans précipitation, une charge ou une voile.

37. En termes de marine, forts barreaux pourvus de bagues, dans lesquelles passent les pieds des hommes condamnés à la peine des fers.

38. Dans le parler matelot, goéland.

39. En termes de marine, faire route sous voile réduite vent arrière.

40. En termes de marine, trou dans les pavois d'un navire pour faire écouler l'eau.

41. En termes de marine, s'échouer involontairement.

42. Dans le parler matelot, heurter.

43. En termes de marine, poinçon pour écarter les torons des cordages à épisser. Épisser, c'est assem-

bler deux cordages ou deux câbles en entrelaçant les torons qui les composent. Kipling emploie l'expression « pleuvoir des épissoirs », alors que l'expression argotique anglaise habituelle est « souffler des épissoirs ».

44. En termes de marine, appareil de levage situé en général à l'avant d'un navire pour hisser une ancre.

45. En termes de marine, touer, c'est faire avancer un navire au moyen d'amarres.

46. En termes de marine, petite ancre légère destinée à être élongée avec un canot.

47. En termes de marine, élonger une ancre, c'est la descendre dans une embarcation qui va la mouiller à une certaine distance du bord.

48. En termes de marine, faire descendre.

49. En termes de marine, lieu où on entrepose, à bord, les vivres destinés à être distribués aux gens du navire.

50. En termes de marine, petit foc très résistant, pour le mauvais temps.

51. En termes de marine, toucher du talon (extrémité arrière de la quille d'un navire).

52. Dans le parler matelot, une vieille femme.

53. Ville située sur la côte occidentale de la mer Rouge. Le Golfe impur des anciens est la Foul Bay des modernes.

54. Référence au jeu des noix, dans lequel des enfants romains se servaient de noix au lieu de billes.

55. Voir Actes des Apôtres, XXVIII, 3 à 6.

En amateur

1. Période de deux heures pendant laquelle une partie de l'équipage, à tour de rôle, est de service. D'ordinaire sur les bateaux, le quart est de quatre heures (primitivement de six heures, soit le quart de la journée).

2. Comme on dit « gréer un hamac », dans la marine, c'est-à-dire le garnir de ses araignées, qui sont un réseau de petites lignes placées à chaque bout du hamac et qui lui donnent, quand il est suspendu, la forme propre à recevoir un homme couché.

3. Sir Henry Raeburn (1756-1823), peintre portraitiste écossais qui entra à l'Académie royale britannique de peinture en 1815.

4. Benjamin West (1738-1820), né aux États Unis, il peignit des sujets historiques, religieux et mythologiques. Co-fondateur de l'Académie royale britannique, il en fut le deuxième président.

5. La bataille du Jutland, qui eut lieu les 31 mai et 1er juin 1916 à une centaine de kilomètres de la côte danoise du Jutland, fut le seul combat des flottes britannique et allemande au cours de la Première Guerre mondiale. Les deux camps crièrent victoire, les Britanniques pour avoir pu garder ainsi le contrôle de la mer du Nord, les Allemands pour avoir infligé à l'ennemi des pertes plus sévères en hommes et en bâtiments.

6. Les navires modernes renferment des aciers ; pendant la construction, ceux-ci acquièrent une aimantation permanente et la partie qui était dirigée vers le sud sur les chantiers attire le pôle nord de la boussole.

Le miracle de saint Jubanus

1. L'un des chefs de l'armée araméenne, Naaman fut miraculeusement guéri de la lèpre après s'être baigné dans le Jourdain. Il promit alors d'adorer le Dieu unique d'Israël.

2. Henri Eugène Gouraud (1867-1946), général français, commanda notamment la IVe armée en Champagne au cours de la Première Guerre mondiale. Le chemin des Dames, route qui court sur les crêtes entre l'Aisne et l'Ailette, fut le théâtre de très violents combats en 1917 et 1918.

3. Aujourd'hui Puri : ville d'Inde (État d'Orissa) sur la côte du golfe du Bengale. Chaque année y affluent des centaines de milliers d'hindous, qui prennent part à une procession au cours de laquelle « l'idole de Juggernaut », statue sacrée, est promenée sur un char énorme, traîné par les pèlerins, dont certains, disait-on, se jetaient sous les roues du char pour se faire écraser. « Juggernaut » est l'un des titres de Krishna, huitième avatar de Vishnu.

4. L'une des trois Parques chez les Grecs anciens, celle qui était chargée de couper le fil qui mesurait la durée de la vie de chaque homme.

Table

Rivages poche

Harold Acton
Pivoines et Poneys (n° 73)

Sholem Aleikhem
Menahem-Mendl le rêveur (n° 84)

Reinaldo Arenas
Le Portier (n° 26)

Ambrose Bierce
Le Dictionnaire du Diable (n° 11)
Contes noirs (n° 59)
En plein cœur de la vie (n° 79)

Paul Bowles
Le Scorpion (n° 3)
L'Écho (n° 23)
Un thé sur la montagne (n° 30)

Truman Capote
Un été indien (n° 9)

Willa Cather
Mon ennemi mortel (n° 74)

Fausta Cialente
Les Quatre Filles Wieselberger (n° 10)

Silvio D'Arzo
Maison des autres (n° 78)

Alfred Döblin
L'Assassinat d'une renoncule (n° 25)

Heimito von Doderer
Un meurtre que tout le monde commet (n° 14)

Eva Figes
Lumière (n° 5)

Mavis Gallant
Les Quatre Saisons (n° 82)

Kaye Gibbons
Ellen Foster (n° 4)
Une femme vertueuse (n° 31)

Barry Gifford
Les Vies parallèles de Jack Kerouac (n° 81)

Christopher Isherwood
Le Condor (n° 28)

Henry James
Mémoires d'un jeune garçon (n° 27)
Owen Wingrave (n° 36)
Le Dernier des Valerii (n° 62)

Rudyard Kipling
Le Miracle de saint Jubanus (n° 85)

David Lodge
Jeu de société (n° 44)
Changement de décor (n° 54)
Un tout petit monde (n° 69)

Alison Lurie
Les Amours d'Emily Turner (n° 7)
La Ville de nulle part (n° 21)
La Vérité sur Lorin Jones (n° 32)
Des gens comme les autres (n° 38)
Conflits de famille (n° 46)
Des amis imaginaires (n° 71)

Javier Marías
L'Homme sentimental (n° 24)

Steven Millhauser
La Galerie des jeux (n° 37)

Lorrie Moore
Des histoires pour rien (n° 8)
Vies cruelles (n° 61)

Roger Nimier
Les Indes Galandes (n° 64)

Cynthia Ozick
Le Rabbi païen (n° 29)

Grace Paley
Les Petits Riens de la vie (n° 1)
Plus tard le même jour (n° 13)

Victor Paskov
Ballade pour Georg Henig (n° 33)

Walker Percy
Le Cinéphile (n° 18)

Barbara Pym
Adam et Cassandra (n° 15)
Secret, très secret (n° 35)
Lorsqu'un matin d'orage (n° 47)

Umberto Saba
Couleur du temps (n° 6)
Comme un vieillard qui rêve (n° 17)

Budd Schulberg
Un homme dans la foule (n° 76)
Le Désenchanté (n° 77)

Carl Seelig
Promenades avec Robert Walser (n° 65)

Natsumé Sôseki
Oreiller d'herbes (n° 2)
Clair-obscur (n° 22)

Robert Louis Stevenson
Fables (n° 20)
La Magicienne (n° 34)
Olalla (n° 56)

Italo Svevo
Le Destin des souvenirs (n° 12)

Elizabeth Taylor
Angel (n° 41)
Mrs Palfrey, Hôtel Claremont (n° 67)

Paul West
Le Médecin de Lord Byron (n° 50)

Evguéni Zamiatine
Seul (n° 16)
Le Pêcheur d'hommes (n° 19)

Rivages poche/Petite bibliothèque
Collection dirigée par Lidia Breda

Aristote
L'Homme de génie et la Mélancolie (n° 39)
Rhétorique des passions (n° 40)

Boèce
Consolation de la Philosophie (n° 58)

Hésiode
Théogonie (n° 83)

Hippocrate
Sur le rire et la folie (n° 49)

Lucien
Philosophes à vendre (n° 72)

Achevé d'imprimer le 27 janvier 1993
sur les presses de l'imprimerie A. Robert
116, bd de la Pomme - 13011 Marseille
pour le compte des Editions Rivages
106, bd Saint-Germain - 75006 Paris

Dépôt légal : janvier 1993